COLLECTION FOLIO

Philippe Djian

Frictions

Gallimard

FRICTION n.f. — v. 1370 ; *lat. frictio.*

1. Manœuvre de massage consistant à frotter vigoureusement une partie du corps pour provoquer une révulsion ou faire absorber un produit par la peau.

2. (1752) PHYS. Résistance à un mouvement relatif entre des surfaces de contact.

3. FIG. Heurt, désaccord entre personnes.

Je dois dire que s'il y en avait un qu'on ne s'attendait pas à voir, c'était bien lui.

Ma mère s'est retournée, et elle a blêmi. J'ai senti que ma mâchoire tombait. La dernière fois que j'avais vu mon père, c'était à Noël.

Durant un instant, nous sommes restés pétrifiés, tous les trois. Puis ma mère m'a lancé un regard, m'interdisant de bouger.

Mon père se tenait dans l'encadrement de la porte. Le vent soufflait et une fenêtre a claqué dans mon dos. Dans celui de mon père, les fleurs de l'acacia étaient secouées comme des cloches. Le chien de la voisine aboyait.

Puis ma mère lui a tourné le dos. Elle s'est penchée au-dessus de l'évier et a repris ses occupations sans prononcer un mot.

Alors mon père est entré.

En boitant.

Avec un sourire, il s'est assis en face de moi. Il m'a demandé si j'étais content de le voir et en même temps, il jetait des coups d'œil vers elle. Et moi, je ne savais pas trop quoi lui répondre, vis-à-vis d'elle. On aurait dit qu'elle était en flammes car le soleil couchant éclairait le coin cuisine, mais ce n'était pas seulement ça. Si bien que je me suis contenté de hocher la tête. Ma mère, moins j'avais d'histoires avec elle et mieux je me portais.

« Va voir dehors si j'y suis », m'a-t-elle dit.

J'étais encore sous le coup de l'émotion : je me suis levé en renversant ma chaise. J'ai regardé mon père en rougissant, puis j'ai filé.

Il y avait une grosse BMW garée devant la maison. Chaque fois que je voyais mon père, il conduisait une voiture différente. Celle de ma mère, à côté, était franchement minable.

Je me suis demandé s'il allait passer la nuit chez nous. Et, le cas échéant, s'il allait dormir dans ma chambre. Tout en tournant autour de sa voiture. Elle avait des sièges en cuir et un toit ouvrant. Dans le coin, on n'en voyait pas beaucoup. Il y avait même le téléphone.

Je suis parti m'asseoir sur le trottoir d'en face.

Onze ans, c'est vraiment un âge à la con.

Puis mon père est sorti. En traînant la jambe. Il a regardé autour de lui. Ensuite, il a ouvert son coffre et en a extrait un sac de voyage.

« Ça va comme tu veux ? » m'a-t-il lancé. Depuis qu'on ne vivait plus ensemble, c'était sa question favorite. Et ma réponse était toujours affirmative. En général, on n'avait pas le temps de se dire grand-chose. Il ne restait jamais très longtemps. Et puis lui dire quoi ?

Quand ma mère m'a appelé, j'étais en train d'observer la voisine qui déchargeait son break. Le vent lui rabattait les cheveux sur le visage et elle retenait la portière avec ses fesses. Elle, son mari était mort.

Mon père avait l'intention de prendre un avion dans la nuit. En plaisantant, il a déclaré que passer quelques heures ensemble n'allait pas nous tuer, mais ma mère, ce genre d'humour, elle ne l'appréciait pas beaucoup. Elle m'a dit : « Viens. On va faire des courses. »

En le fusillant du regard. Quelques heures, c'était encore trop pour elle.

Durant le trajet, elle ne m'a pas dit un mot. Elle était si absorbée dans ses pensées qu'elle conduisait penchée sur le volant, les yeux plissés comme si elle était devenue myope ou qu'un brouillard était soudain tombé sur nous.

Les drapeaux du centre commercial claquaient au vent. Ma mère s'est garée sur un emplacement réservé aux handicapés mais ce n'était pas le moment de l'ennuyer avec ce genre de détail. Comme de lui faire remarquer que nous n'avions besoin de rien à la maison. Nous nous en étions occupés la veille. En fait, elle avait l'air complètement paumé.

Nous avons abandonné le caddie dans les rayons. Elle est restée un moment plantée devant des paquets de biscottes, puis elle m'a regardé, elle était étonnée de ce qui se passait, puis nous avons fait demi-tour.

Nous sommes allés à la cafétéria. Le soir venait, les gens traînaient à droite et à gauche et ma mère m'observait pendant que je buvais un coca. Elle avait pris un alcool qu'elle avait déjà avalé d'un trait. Elle pianotait sur la table, avec ses ongles.

« Tu es d'accord avec moi, n'est-ce pas ? » m'a-t-elle déclaré tout à coup. Sur un ton énervé.

J'ai opiné. Je me demandais parfois si elle ne me prenait pas pour lui. Si je ne risquais pas de recevoir les coups à sa place. Je me tenais sur mes gardes. Quand elle était vraiment en colère contre moi, elle me lançait que j'étais lui tout craché et que j'étais la deuxième erreur qu'elle avait commise dans sa vie.

« Tu as *intérêt* à être d'accord », m'a-t-elle conseillé.

À présent, son regard brillait et elle fumait une cigarette en me dévisageant mais je voyais bien qu'elle pensait à autre chose. Des hommes la reluquaient mais ça ne l'intéressait pas, pour une fois. De mon côté, je m'interrogeais sur quoi j'étais censé être d'accord. Et je n'en savais rien, pour être franc. Je ne la comprenais pas toujours.

Quand mon père nous rendait visite, ce n'était même pas la peine d'essayer.

« Qu'est-ce que j'en ai marre, a-t-elle ajouté en écrasant brusquement sa cigarette.

Si tu savais comme j'en ai marre, de tout ça. »

Tandis que nous retraversions le parking, elle me demandait pourquoi je ne répondais rien et si je n'étais pas d'accord avec elle. Et à peine étions-nous installés dans la voiture, elle m'a caressé la joue.

Mon père avait baissé son pantalon pour examiner son genou. De loin, ma mère y a jeté un vague coup d'œil et elle lui a dit qu'il ferait mieux de voir un médecin. Mon père a ricané. Ma mère a haussé les épaules. Et ensuite, sans prévenir, elle a attrapé le sac de mon père et l'a flanqué dehors. Ça m'a scié les pattes.

Mais il n'a rien dit. Il s'est levé, il a remonté son pantalon et il est allé le chercher en secouant la tête. Il en a profité pour inspecter les alentours qui baignaient dans le crépuscule et restaient silencieux.

Il est rentré en lui disant : « Te casse pas la tête. » Après quoi, il m'a glissé un clin d'œil et il est revenu s'asseoir comme si de rien n'était. Il a gardé le sac à ses pieds. Il lui a encore dit : « T'as aucune raison de t'inquiéter. » En guise de réponse, ma mère a refermé violemment un tiroir de la cuisine.

J'espérais que ça n'irait pas plus loin. Le soir de Noël, mon père avait dû lui tordre un bras. Il avait ramené un type blessé qu'il avait trouvé sur le bord de la route et ma mère en avait fait toute une histoire, hurlant qu'elle ne voulait pas de ça chez elle. Il n'arrivait pas à la calmer. Et ce n'était pas faute d'essayer, mais elle ne voulait rien entendre. Pour finir, elle et moi avions dormi chez la voisine. Nous n'avions même pas mangé. Elles m'avaient envoyé au lit et elles avaient discuté une partie de la nuit, à voix basse. Quant à mon père, il était parti à l'aube. Il conduisait une Mercedes et il neigeait. Je m'étais bien douté qu'on n'allait pas le revoir de sitôt.

Pendant que mon père téléphonait, ma mère m'a fait : « Reste pas là » et elle m'a chargé d'une commission tout en gardant un œil sombre sur lui. Elle n'aimait pas que je sois là, quand il téléphonait. Elle pouvait aussi bien m'envoyer me coiffer et me laver les dents ou ranger ma chambre que je n'avais pourtant pas l'habitude de laisser en bordel.

Dehors, le vent était encore chaud, l'éclairage public dansait sous les arbres et on aurait dit que la voiture de mon père était toute neuve, sans une égratignure, et prête à s'envoler comme une fusée. J'ai traversé la rue et je suis entré chez la voisine pendant que son chien grognait dans les fourrés, même après moi.

Elle était sur son canapé, le journal ouvert à côté d'elle.

Sans relever la tête, elle a déclaré en tournant la dernière page : « Ta mère me fait rigoler. » Puis elle a plié le journal et me l'a tendu.

Elle m'a demandé s'il était là pour longtemps. J'ai haussé les épaules pour lui dire que je n'en savais rien.

Avant que je m'en aille, elle m'a serré dans ses bras. « Tu fais partie de ceux qui ont pas de bol », m'a-t-elle annoncé. Elle a poussé un soupir, avant d'ajouter : « Sauf que toi, tu l'as pas cherché. » Elle ne m'a pas lâché pendant un moment. Ma mère m'attrapait ainsi, quelquefois, mais ce n'était pas la même chose. Je me rendais bien compte qu'elle était pas mal, pour une femme, et je savais que son mari était mort. N'empêche que je me tenais raide comme un bout de bois, presque sur la pointe des pieds pendant qu'elle me serrait contre elle. Je pensais que j'aurais pu avoir affaire à une vieille édentée ou à une moche.

Quand je suis revenu, mon père était sous la douche. Ma mère a sorti un plat du micro-ondes et je me suis mis à table tandis qu'à son tour elle se plongeait dans le journal, balayant les pages à toute vitesse, les sourcils froncés à mort. Elle était tellement tendue qu'elle en grimaçait. On ne l'entendait pas grincer des dents, mais c'était tout comme.

Après avoir parcouru le journal, elle s'est laissée choir sur une chaise en face de moi et elle m'a fixé en s'inclinant vers moi les mains serrées entre les jambes. Elle avait l'air de se demander ce que je pensais de tout ça mais j'aimais autant pas avoir à répondre là-dessus, alors j'ai baissé les yeux. J'ai arrondi mon dos et j'ai attendu que ça passe.

Mon père est revenu avec son sac en bandoulière. Il l'a déposé à ses pieds en s'asseyant avec nous, sa jambe blessée en extension sur le côté. Ma mère s'est levée aussitôt, comme si un ressort l'avait projetée en avant. Au point que mon père lui a fait, en prenant un air désolé : « À quoi ça rime ? Tu veux me dire à quoi ça rime ? » Sans s'expliquer, elle a marché tout droit vers ses cigarettes. Parfois, elle se réveillait en pleine nuit pour fumer. Ça venait jusque dans ma chambre.

Il a déclaré que je lui donnais faim. Puis voyant que ma mère n'avait rien entendu et restait dans son coin avec sa cigarette, il a décidé de s'en occuper lui-même. Sans rien demander à personne. Et pendant ce temps-là, pas un n'a prononcé un mot.

Plus tard, quand j'ai sorti les poubelles, il m'a rejoint sur le trottoir et on a examiné le ciel. Je n'étais pas fichu de trouver un sujet de conversation.

« C'est une drôle de situation », a-t-il dit. Mais je ne voyais pas comment j'aurais pu rebondir là-dessus. J'avais le crâne complètement vide. Je n'arrivais même pas à m'intéresser à sa voiture. Ça m'aurait demandé au moins quelques jours pour sortir de ma coquille, tel que je me connaissais. Mais on n'y pouvait rien.

Ensuite, on est allés chez la voisine.

« Est-ce que t'aurais une bande ? Pour mon genou. Est-ce que t'aurais pas ça, par hasard ? » Avec le chien, dans notre dos, qui sautait au bout de sa laisse, à la fois content et furieux. Ce chien-là, il ne reconnaissait plus personne. C'était comme ça depuis que son maître était mort. Elle songeait d'ailleurs à s'en débarrasser.

Le genou de mon père avait doublé de volume. C'était de pire en pire. On avait presque l'impression que la peau allait se déchirer mais ça n'avait pas l'air de l'inquiéter. Elle a trouvé une pommade qu'il pouvait mettre en attendant et mon père a déclaré que c'était frais et que ça lui faisait du bien en étalant le truc dessus, au moins la moitié du tube.

La voisine se mettait toujours du côté de ma mère. D'après elle, les femmes devaient se serrer les coudes et que parfois, mieux valait ne pas avoir de mari du tout. Pendant que mon père bandait son genou, elle le fixait par-dessus la table, en appui sur les bras.

« Je te jure qu'elle est de bonne composition », a-t-elle fini par lui sortir.

Mon père a remonté son pantalon. «T'occupe pas de nos affaires », lui a-t-il répondu.

Elle nous a raccompagnés à la porte. « Et ton fils ? Tu y penses, à ton fils ? Est-ce que ça t'arrive ? » Mon père a fait celui qui n'avait rien entendu. Quant à moi, ce genre de commentaire, j'aurais préféré qu'elle s'en dispense. Je me suis senti encore plus con.

Avant de rentrer, il m'a dit que de temps en temps, un homme devait accepter d'avoir le mauvais rôle. « Mais te laisse pas raconter n'importe quoi, a-t-il ajouté. Prends pas tout ce qu'elles te disent pour argent comptant. »

Ma mère s'était installée devant la télé. Aussitôt, elle m'a fait signe de venir m'asseoir à côté d'elle. Comme si c'était le seul endroit possible, le seul refuge, une île au milieu d'un océan déchaîné par la seule présence de mon père. M'attirant contre elle avec un air de défi qu'il a préféré ignorer.

Il a jeté un coup d'œil à sa montre.

Ma mère a soupiré : «T'as pas peur de rater ton avion ? » Il s'est servi un verre. J'en ai profité pour voir ce qu'il y avait sur les autres chaînes mais elle m'a brusquement arraché la manette des mains : « Et toi, ça suffit comme ça ! » Alors que j'avais rien fait de spécial.

Mon père a dit : « C'est pas une raison pour t'en prendre à lui. Commence pas. »

Là-dessus, ma mère, une voix inquiétante lui est sortie de la bouche, et des flammes presque des yeux : « Non mais, de quoi tu te mêles ? Je voudrais savoir un peu de quoi tu te mêles ! »

Il a vidé son verre en avalant tout d'un coup. Mais elle ne l'a pas quitté d'un œil.

« Dis-moi un peu. T'as quelque chose à dire sur la manière dont j'élève *mon* enfant ? T'as quelque chose à dire ? »

Les épaules de mon père se sont affaissées. Il s'est enfoncé deux doigts dans le creux des yeux. Il était évident que pour lui, la journée avait été rude. On pouvait le sentir très facilement, le voir sur son visage. « Je croyais qu'on n'en parlait pas devant lui », a-t-il gémi.

Mais elle avait changé d'avis. C'était différent, maintenant. C'était comme ça. C'était
à elle de juger, affirmait-elle entre ses dents,
c'était à elle de juger ce qu'on pouvait faire
ou ne pas faire en ma présence. C'était elle
qui décidait. « *On est bien d'accord ?* » Ce
qu'on pouvait dire ou pas, devant moi,
c'était elle qui s'en occupait.

Mon père a ricané : « Et puis quoi encore ? »
Il a brusquement lancé son verre vide par la
fenêtre et on l'a entendu se fracasser au loin,
sur la chaussée. Puis il en a lancé quelques
autres, pour se calmer les nerfs à mon avis.
On les entendait se briser en mille morceaux
dans le silence de la rue, d'où j'en ai déduit
que le vent était tombé ou presque.

Ma mère a prétendu qu'il pouvait tout
casser, qu'on serait bien débarrassés de
toutes ces saletés qui nous entouraient.
« Qu'est-ce que j'en ai marre », a-t-elle ajouté.

Sur ce, la voisine est apparue à la fenêtre.

« Dis donc, a-t-elle fait à mon père,
qu'est-ce qui te prend ? Y a des morceaux de
verre jusque devant chez moi. T'es pas un
peu malade ? » Mais en même temps, elle
regardait ma mère pour savoir si ça allait.

Mon père lui a refermé la fenêtre au nez.

Ma mère est allée la rouvrir. De l'air. De l'air. Elle en voulait un maximum. Sinon, prétendait-elle, sa tête allait exploser.

Mon père lui a dit : « Non mais, t'as vu dans quel état tu te mets ? »

Puis ils se sont tournés vers moi car j'étais en train de pisser dans mon pantalon.

Je me suis appuyé sur les épaules de ma mère pendant qu'elle m'ôtait ma saloperie de pantalon. Qu'elle a tenu pincé entre deux doigts comme s'il s'agissait d'un animal écrasé sur la route avant de le faire disparaître par le hublot de la machine à laver. Puis la honte totale quand elle m'a enlevé mon slip avec un long soupir.

Du seuil, mon père contemplait le spectacle d'un œil terne. Sur le coup, plus personne n'avait quelque chose à dire. Dans cette épouvantable odeur de pisse, je trouvais, qu'on devait sentir à des kilomètres à la ronde, pire que si j'avais mangé des asperges, qui sentait le bébé, et j'en avais plein les jambes. J'avais envie de rabattre la capuche de mon survêt sur ma tête.

Je me suis savonné pendant qu'elle me tenait la douche. Accoudée au rebord de la baignoire, l'air épuisé, elle m'arrosait vaguement les pieds avec une eau trop chaude mais je n'avais pas envie de la ramener.

Entre-temps, mon père avait tourné les talons.

Quand on l'a rejoint, il était penché au-dessus de son sac qu'il refermait d'un geste sec. À présent, la nuit était profonde. Un rayon de lune brillait sur le jardin. Il devait commencer à être tard et il avait son avion. Je me suis assis sur la première chaise que j'ai trouvée pendant qu'il lui tendait une grosse enveloppe, mais il est resté comme un imbécile. Avec le bras tendu vers elle alors qu'elle n'y jetait même pas un seul regard, qu'elle cherchait plutôt ses cigarettes oubliées dans un coin.

Mon père a laissé tomber l'enveloppe sur la table en disant : « Ne me dis pas merci. Ne me dis *surtout pas* merci. »

Ma mère a cligné des yeux en crachant un jet de fumée bleue vers le sol. Avec la cigarette au bout des doigts, elle a fait un geste qui englobait pas mal de choses :

« T'es au courant que je bosse ? lui a-t-elle fait en prenant le ton d'un serpent sous les herbes. T'es au courant que je subviens à nos besoins sans ton aide ? »

Mon père a répondu qu'il s'en balançait. Qu'elle pouvait en faire des confettis si ça lui chantait mais qu'avant elle ferait mieux d'y réfléchir. Elle lui a dit : « Ou alors, pour ton enterrement. »

Mon père lui a ri au nez :

« Un boulot, on l'a jamais pour la vie, un boulot. N'oublie pas ça. Tu sais, ça se perd, un boulot. Et alors, tu seras bien contente de me trouver quand tu iras pointer au chômage. Tu seras bien contente de me trouver là quand un connard t'aura virée. »

Avec ma mère, on s'est regardés car on a pensé à la même chose. On a pensé à la voisine qui cherchait du boulot depuis deux mois et on en connaissait d'autres dans le quartier, des femmes qui tournaient en rond toute la journée, qui passaient leur temps à nettoyer leur baraque ou à lire des magazines, et des hommes aussi, que ça fichait en l'air. Je les voyais, quand ils venaient chercher leur gosse à l'école, et je voyais que c'était pas la joie.

« N'empêche que ça t'étonne que je puisse me débrouiller sans toi. Hein, avoue-le que ça t'étonne. Que ça t'emmerde quelque part que je puisse me débrouiller sans toi. Je te connais, tu sais. »

Ma mère avait rencontré un gars qui lui avait trouvé un emploi de caissière chez Toys "Я" Us dans une banlieue voisine. Mon père a hoché la tête : « On sait que tu es capable de te débrouiller. On te fait confiance. Nous aussi, on te connaît. Sois sans crainte. »

Un jour, la voisine m'avait pris par les épaules et regardé droit dans les yeux pendant que mon père et ma mère se disputaient en face après m'avoir fait sortir. Elle m'avait expliqué qu'une femme ne pouvait pas vivre très longtemps sans un homme si elle était normalement constituée, et ce pour des raisons que je comprendrais plus tard. Pendant ce temps, on les voyait sortir puis rentrer dans la maison comme des cinglés.

Mon père a failli m'embarquer, ce soir-là, il s'apprêtait à grimper l'escalier pour boucler mes valises, mais ma mère s'est plantée entre nous deux, bras écartés, et elle a déclaré qu'il faudrait la tuer sur place, faire couler son sang jusqu'à la dernière goutte et elle n'avait pas l'air de plaisanter. Le lendemain, elle avait les yeux tellement rouges qu'on avait dû aller consulter un oculiste. Toute la journée, elle était restée pendue à mon bras, et parfois même elle frissonnait, il fallait voir ça. À tel point que je préférais regarder ailleurs.

Ma mère a baissé les yeux. Mon père a ajouté : « Merde. Je ne m'inquiète pas pour toi. Je suis blindé. »

Elle qui, en général, ne se laissait pas faire. À l'entendre, elle qui en avait autant à sa disposition. Voilà qu'elle baissait les yeux. Voilà qu'elle baissait les yeux et acceptait son châtiment sans prononcer un mot. On voyait bien qu'elle en avait marre. Mais aussi que ça la blessait pour le coup, comme si on venait de la surprendre au lit avec un homme, je veux dire en plein milieu du truc, à poil et tout, et qu'on était écœurés, mon père et moi.

Il y avait des hommes, mais je ne les voyais jamais. Et elle rentrait toujours à la maison, même s'il était tard, et elle n'était jamais accompagnée. Parfois, la voisine restait avec moi, on regardait des films en mangeant du chocolat ou ce qu'on trouvait, et

quand ma mère rentrait, l'autre lui disait :
« Sur l'échelle de Richter. Combien ? » et ma
mère réfléchissait une minute puis lançait
un chiffre en se débarrassant de son manteau qui volait sur une chaise. Elle était
toute décoiffée.

Qu'est-ce que j'en avais à foutre ?

Sous la douche, elle se briquait de fond en
comble. Elle s'attachait les cheveux. Elle se
frictionnait à mort. Elle me disait : « Raconte-
moi ta journée », mais je n'en sortais pas
une. Je trouvais que c'était pas la peine. Surtout que je n'avais rien fait de spécial dans la
journée. Je restais là, assis sur le rebord de la
baignoire à la regarder, en attendant qu'elle
vienne pour me coucher. Parfois, on prenait
un livre. Parfois on restait allongés, les yeux
au plafond, et elle délirait sur le futur, sur
tout ce qui pourrait nous arriver de bien, sur
tout ce qu'on pourrait faire, sur les paradis
qu'on pourrait habiter quand le vent allait
tourner, ce dont elle ne doutait pas une
seconde. Mais là, je m'endormais assez vite.

Puis mon père a empoigné son sac. Ça
m'a fichu un coup au cœur. Il a déclaré qu'il
y allait en fixant ma mère d'un air sombre.
Je me suis levé d'un bond. Mais pour finir,

j'ai été brisé dans mon élan. Comme si je découvrais une plaque de verre qui traversait le salon. Plus personne n'a bougé. Alors mon père a dit : « On va faire court. C'est ce qu'il y a de mieux. »

Ma mère était assise sur la table. Elle a continué à balancer ses jambes en fixant le linoléum. Pour dire comme elle avait l'air de le retenir. Elle se cramponnait à la table, des fois qu'elle se serait envolée. Quant à moi, j'ai choisi d'enfoncer mes mains dans mes poches pour essayer de tenir le coup. C'était difficile de trouver une attitude.

Quand la porte a claqué dans son dos, on n'a pas récupéré tout de suite. On est restés scotchés pire que des statues silencieuses. On aurait entendu une mouche voler. J'avais l'impression qu'un train était passé à toute vitesse devant moi, un train que je n'aurais même pas vu mais qui me décoiffait et sifflait encore à mes oreilles que je sentais brûlantes et d'une couleur intéressante. Quand mon père partait, ça faisait un vide. Ça me faisait penser à une télé qui implosait.

On était donc exactement à la même place, ma mère et moi, au millimètre près, lorsque mon père a refranchi la porte. Il était blanc comme un linge.

« Je peux pas conduire, a-t-il grogné entre ses dents. Je peux tout bonnement pas conduire, putain. »

Il a reposé son sac sur la table en s'affalant sur une chaise. Il nous a gratifiés d'une grimace. « Je vois pas d'autre solution. J'en vois pas. Faut me conduire à l'aéroport. »

Ils se sont regardés.

Puis ma mère est descendue de la table. Elle a fait : « Mais bien sûr. » Sur un ton indéfinissable. « Mais bien sûr. » Et encore : « Oublie pas ton sac » tandis qu'elle sortait la première. C'est vrai que je me suis demandé s'il dormait avec.

Donc, ma mère a pris le volant. C'était une grosse voiture pour elle, avec le ciel étoilé au-dessus de nos têtes. Elle me semblait toute petite sur son siège et je la sentais décontenancée sur les bords avec tous ces boutons et la direction assistée qui lui donnait l'impression de patiner sur de l'huile.

Elle trouvait que les phares n'éclairaient pas si bien que ça, pour ce genre de véhicule. À côté d'elle, mon père grimaçait toujours, certainement à cause de sa jambe.

Une autre fois, c'était en sautant par une fenêtre et en atterrissant sur un tas de cailloux qu'il s'était fracturé le poignet, mais il avait l'air content de lui, il remerciait sa bonne étoile tandis que ma mère boudait dans un coin et lui répétait que ça finirait mal.

J'avais la banquette arrière pour moi tout seul mais j'étais assis sur le renflement du milieu et je me creusais la tête pour dire quelque chose qui aurait détendu l'atmosphère ou signalé ma présence. Sauf que le paysage, les bâtiments perdus dans l'ombre et la morne circulation du périphérique ne m'inspiraient pas.

Au bout d'un moment, mon père a dit : « C'est reposant de faire un voyage avec vous. Ça devient quelque chose d'inoubliable. »

On s'est garés dans les sous-sols. Avec son sac sous le bras, mon père s'est traîné vers l'ascenseur. Il voulait qu'on reste avec lui, qu'on donne l'impression d'être une famille, trois couillons en partance pour une semaine en Tunisie, a-t-il expliqué, et il a dit qu'il allait nous offrir un verre.

Ma mère a répliqué : « J'ai pas soif », mais on s'est quand même installés à la cafétéria, dans le fond, à une table qui donnait sur la piste d'envol. Mon père a tourné le dos à la baie et il a reculé son siège dans l'ombre d'un arbuste en plastique avec des fausses fleurs.

« Je le crois pas », a grogné ma mère entre ses dents.

Il a ricané : « S'il te plaît. Ne me fais pas chier. »

Le hall de l'aéroport était encore animé. Une fille à moitié endormie est venue me servir un banana split, pour finir ma mère avait dit okay et elle avait pris un truc amer, rouge à mort, et lui un whisky. Et il me regardait et il regardait ma mère. Puis il se remettait à inspecter les environs. Il gardait son sac en travers de ses genoux. À une autre table, une femme pleurait en silence et l'homme qui était assis devant elle lui caressait la main.

Ma mère s'est levée pour aller chercher des cigarettes. Mon père m'a dit : « Ça nous laisse un peu de temps, tous les deux. Juste toi et moi. » Mais il n'a rien ajouté d'autre. Il a glissé les yeux ailleurs pendant que je terminais ma glace et que l'autre à présent pleurait à chaudes larmes dans un mouchoir.

Ma mère est revenue. Elle faisait des efforts pour garder son calme. Elle fumait nerveusement. Depuis qu'on avait quitté la maison, elle était comme ça. Et aussi plus pâle que d'habitude. Et aussi plus pâle que les autres fois.

Mon père, la toile de son pantalon était tendue autour de son genou. Il avait posé sa jambe sur une chaise et il l'observait parfois en prenant un air grave. Puis il a fixé ma mère qui venait d'ajuster des lunettes de soleil sur son nez. On ne voyait plus ses yeux.

« Dis donc, lui a-t-il fait. Je peux quand même te demander un service, de temps en temps. Hein, ça va pas te tuer, pour une fois. »

Là-dessus, j'étais plutôt d'accord. On ne pouvait pas dire qu'on l'avait souvent dans les jambes. En deux ans, on ne l'avait vu que cinq ou six fois et la plupart du temps en coup de vent, il était toujours pressé. Comme ses associés. Ma mère ne voulait pas les voir. Ils attendaient dans la voiture de mon père pendant des heures, ou bien ils sortaient pour se dégourdir les jambes sur le trottoir tandis que ma mère et lui s'engueulaient, toujours pour les mêmes histoires. Mais en général, il s'arrangeait pour venir seul et on dédoublait les matelas dans ma chambre quand il pouvait rester un jour ou deux. On se souhaitait une bonne nuit, mutuellement. Quand il dormait, je me tournais vers lui et j'en profitais pour l'examiner sans être emmerdé. Je trouvais qu'il paraissait plus jeune quand il dormait. Ma mère lui répétait sans arrêt qu'il n'était qu'un gosse, mais ça se voyait un peu quand il dormait, enfin j'avais cette impression.

Juste à ce moment-là, ils ont annoncé que l'avion de mon père avait une demi-heure de retard.

Ma mère a dit : « Je crois pas que je vais tenir une demi-heure. Ça m'étonnerait beaucoup. » Elle allumait ses cigarettes les unes après les autres. Quand ça n'allait pas, ma mère se transformait en locomotive. Et ensuite, elle se plaignait d'avoir mal à l'estomac et elle m'envoyait chez la voisine pour chercher du Maalox et l'autre me répétait : « Ton père finira par la tuer avec

ses conneries, rappelle-toi ce que je te dis. »
Je faisais pas de commentaires.

Ils se sont dévisagés en silence. Puis mon
père a voulu lui flanquer une baffe mais il a
pratiquement loupé son coup car ma mère
était aussi une rapide dans son genre. Elle
était bonne au tennis. N'empêche que ses
lunettes se sont retrouvées de guingois sur
son nez. « Je te conseille de faire un effort »,
a lâché mon père entre ses dents. Et pendant qu'il lui disait ça, il a refermé sa main
sur mon bras. Et il a ajouté : « Sinon, je
t'empêche pas de filer. Tu sais, on te retient
pas. » Finalement, elle a baissé la tête.

Ça leur a donné soif. Mon père a envoyé
un signe à la fille qui bâillait de plus belle en
se frottant les bras et il nous a commandé la
même chose. Malgré l'électricité qui la traversait, ma mère avait l'air de se contrôler
depuis qu'il me tenait. Elle était toujours
avec nous. Et ça, c'était une manche que
mon père remportait. Il nous tenait tous les
deux.

J'ai entamé mon nouveau banana split en
me demandant si mon estomac n'était pas
assez rempli pour la nuit. Ma mère a vidé

son verre d'un trait. J'ai senti que ça lui donnait un coup de fouet.

Mon père avait fini par me lâcher, mais j'étais à portée de sa main, les yeux vissés sur une montagne de Chantilly qui avait un fort goût de lait, ce que j'aimais pas trop, et j'aurais pas su où aller de toute façon. Mon père avait des gouttes de sueur sur le front. Il s'est remis à inspecter les environs.

Quand il a vu que je le regardais, il m'a dit : « C'est pas moi qui fous toute la merde. Je suis pas tout seul. »

Et comme il était penché sur moi, ma mère a bondi de son siège et elle lui a arraché son sac. Pendant qu'il se redressait en jurant pour la voir détaler à travers la salle, j'ai reculé brusquement sur ma chaise pour qu'il ne puisse pas m'attraper.

La cafétéria était grande ouverte sur le hall de l'aéroport. Mon père et moi avions les yeux braqués sur ma mère qui détalait avec le sac sous le bras et ça m'a paniqué de la voir partir. J'ai failli l'appeler, mais ça ne venait pas. Mon père s'est tourné vers moi. J'ai reculé. Il a grogné : « Putain de merde » en descendant sa jambe de la chaise comme si c'était du bronze. Mais allez rattraper une femme qui fonce tête baissée avec des godasses de sport, quand on a une jambe raide et qu'on sort d'une journée épuisante. Quand nos regards se sont croisés, j'ai compris qu'il pensait la même chose que moi. Je l'ai vu tituber sous le coup d'une rage impuissante. On avait renversé nos chaises. On était mal, tous les deux.

Puis j'ai entendu une voix qui criait mon nom. Et l'air qui rentrait de nouveau dans mes poumons. Elle était là-bas, dans le hall. Elle s'était arrêtée, elle était plantée dans le sol. Elle serrait le sac contre sa poitrine et se tordait dans tous les sens pour me faire signe d'arriver. Il m'a dit : « Reste là », mais ça sonnait davantage comme une prière. Ça m'a fait hésiter. On ne se voyait pas tous les jours.

« Mais qu'est-ce que tu fabriquais ? » m'a-t-elle demandé lorsque nous avons surgi coude à coude à l'air libre, dans la nuit sombre. J'ai haussé les épaules.

Elle a appelé un taxi. Je me suis tourné vers la vitre arrière et pendant qu'on s'éloignait, j'ai vu mon père qui arrivait seulement à la grande porte en traînant sa jambe derrière lui. Je me mettais à sa place.

Ma mère était encore survoltée. Elle se mordillait un ongle. Le taxi filait silencieusement sur l'autoroute presque déserte, bordée de ciel noir. Elle a rangé le sac à ses pieds. Puis au bout d'un moment, elle a posé la tête sur mon épaule.

Et elle m'a fait : « J'ai besoin que tu me dises quelque chose. J'en ai vraiment besoin. »

Je voyais le genre.

Je lui ai dit : « Je te quitterai jamais. » C'est sorti tout seul.

Elle s'est serrée contre moi.

« Je le sais bien, a-t-elle murmuré. Je sais très bien que tu ne feras jamais ça. »

Un soir, je la crois en ville, et elle m'appelle d'une cabine téléphonique à trente kilomètres de là. D'un bled dont elle est incapable de me donner le nom.

« Calme-toi, je lui dis. Reprends tes esprits. »

Je vais la chercher et je la ramène. Je la couche, puis je rentre chez moi.

C'est la troisième fois, ce mois-ci. Les nuits tombent très vite, il fait froid, et bien souvent, elle n'a pas grand-chose sur les épaules, je lui demande où est son manteau mais elle n'en sait rien. Elle s'accroche à moi.

« Tu n'as qu'à retourner vivre avec elle », me déclare Utte avec un petit sourire méprisant.

Le lendemain matin, je vais voir comment elle va.

« Après tout, je suis ta mère », me dit-elle.

Je n'ai jamais prétendu le contraire. Je lui tends la main pour la tirer du lit mais elle refuse mon aide. Elle a quarante-deux ans et elle en paraît dix de plus. Je parle de son visage, de la livide bouffissure de ses traits qui éveillent en moi des sentiments mitigés — je n'y vois pas que de la laideur et je m'efforce de penser à autre chose, de manière farouche.

Tout en allumant une cigarette, elle se plaint d'une migraine abominable. Je lui mets un peignoir sur les épaules. Elle se tourne vers le mur, se débarrasse de ses sous-vêtements qu'elle jette dans un coin.

Parfois, pendant mon travail, je pense à elle. À tout ce que nous avons foiré ensemble au cours de ces dix dernières années — pour considérer les choses d'un point de vue général. Je pense à elle. J'essaye de me mettre à sa place. Elle me fait penser à un animal enragé. Alors un gars se met tout à coup à m'engueuler parce que je n'ai pas un regard assez humide ou une moue à tailler des pipes. Je lui souris en humectant mes lèvres pendant qu'il envoie des coups de flash au plafond. Une fille vient me repoudrer en trois secondes. Elle chasse ma mère de mon esprit.

Je demande à ma mère : « Je peux savoir ce que tu as fait de ton manteau ? »

S'ensuit un échange un peu sec. À la fin duquel nous abordons les vrais problèmes.

« Et d'abord, me dit-elle, qu'est-ce que tu fais là ? Ça veut dire quoi ? Je t'ai pas demandé de venir.

— Je viens voir comment tu vas. Je viens voir comment tu te sens après ta virée de l'autre soir.

— Pourquoi ? Ça t'intéresse ? »

Je l'ai quittée au printemps. J'ai pris une chambre à cinq cents mètres de chez elle mais c'est comme si je l'avais abandonnée sur un autre continent, comme si j'avais taillé brutalement dans ses chairs. Elle n'a pas l'intention de me le pardonner. Elle prétend qu'elle n'était pas la seule responsable et qu'il est tout à fait possible d'oublier ce qui s'est passé, de ne pas se rendre malade avec cette histoire. Sauf qu'il n'y avait pas que ça. Je voulais avoir une vie privée. Nous en avions discuté mais elle refusait d'admettre que c'était une bonne raison, elle y voyait plutôt une immense ingratitude de ma part, elle me parlait de trahison, des hauteurs d'où elle tombait. « *Ta* vie privée ? Répète-moi ça ? Mais si nous parlions un peu de *ma* vie privée, si nous parlions un peu de la mienne, espèce de petit connard. Qu'est-ce que j'ai eu comme vie privée avec toi ? Dis-moi un peu. »

Voilà où nous en sommes. J'ai vingt-deux ans. Ma mère se saoule et baise à tour de bras pour me faire chier. Pour me punir de l'avoir laissée. Alors que je lui rends visite régulièrement, que je l'ai au téléphone tous les jours, qu'elle peut me joindre vingt-quatre heures sur vingt-quatre, que je me lève au milieu de la nuit pour aller la chercher au diable en remerciant le ciel de me la rendre intacte. En larmes, bourrée comme une vache, effondrée, sans manteau, frissonnante, mais intacte. Voilà où nous en sommes. Et franchement, je ne vois pas bien comment les choses pourraient s'améliorer. J'ai peu d'espoir. Rien que d'y penser me fatigue.

Je la suis dans sa cuisine. Pendant qu'elle prépare du café, je mets un peu d'ordre, je vide les cendriers, je charge le lave-vaisselle, j'inspecte le frigidaire. Je regarde ses mains et je m'aperçois qu'elles tremblent. Si je n'étais pas là, elle aurait déjà sans doute un verre à la main, je n'ai aucune peine à me l'imaginer. Du vin blanc sec. Passant la journée à traîner d'une pièce à l'autre en maudissant son fils.

Il fait beau mais les arbres sont encore couverts de givre. Je lui annonce que nous allons récupérer son manteau parce que j'en ai assez. Je ne tiens pas à ce qu'elle tombe malade, et j'ajoute qu'il en sera ainsi doré-navant, même si ça nous prend la matinée, que ça lui serve de leçon. Elle me répond par une grimace.

Puis elle monte dans ma voiture, se mor-dillant les lèvres, les sourcils froncés. Le ciel est dégagé, lumineux. Il souffle un air glacé qui vous enserre la poitrine comme une tenaille. Un dimanche matin, des rues presque désertes, des magasins fermés, une ambiance de ville harassée, frappée d'une langueur catatonique après une semaine de travaux forcés. Je m'arrête pour acheter le journal. Quand je reviens, ma mère est en train de feuilleter un magazine qui traînait sur la banquette arrière. Elle examine une photo où je suis en slip, dans une pose un peu suggestive, avec les cheveux qui me tombent sur le visage.

Elle soupire : « Si c'est pas malheureux », au moment où je démarre. Je ne réponds rien. Alors que je n'ai pas honte de ce que je fais. Mais je sais ce qu'elle pense. Elle imagine que je suis tombé dans une fosse nauséabonde. Elle n'aime pas voir son fils poser à poil dans un magazine pour hommes, elle a toujours cette réaction, elle n'aime pas ça, même si ça reste soft. Tout ce que je peux lui dire à ce propos, toutes les assurances que j'ai pu lui donner, les sous-vêtements d'Utte qui pendent dans ma salle de bains, rien ne la fait changer d'avis.

Elle rabat sur son nez de grosses lunettes de soleil. Des feuilles mortes, presque noires, tourbillonnent dans le ciel. Je lui demande : « Tu étais chez qui ? »

Elle ne sait pas au juste. Elle pense qu'elle reconnaîtra l'endroit une fois que nous serons arrivés. Je tire sur le cendrier et je lui dis qu'elle peut fumer.

Elle regarde ailleurs. Elle ronge son frein. Chaque minute que nous passons ensemble nous terrasse désormais. Mais je ne sais pas si les choses finissent toujours par éclater. Si l'on est un jour délivré. Je me demande si c'est possible.

Pour commencer, j'attends dans la voiture. Puis je vais sonner à la porte. Un homme en caleçon vient m'ouvrir. Il me dit : « Ta mère avait besoin de boire un verre. » Je lui réponds : « Il est pas un peu tôt ? » Il hausse les épaules. Un homme d'une soixantaine d'années.

Elle est installée sur le canapé, dans la pénombre, les jambes repliées sous elle. Le type en caleçon s'assoit à côté de ma mère. Et ils me regardent.

Ça pourrait durer des heures.

« Et alors quoi ? » je demande, en gardant les mains dans mes poches.

Le type sourit et me propose de boire quelque chose.

Sans perdre une seconde, je pars à la recherche du manteau de ma mère. Je n'ai rien à leur dire. Je les laisse à leur canapé.

Il y a des verres qui traînent un peu partout, les restes d'un buffet sur une table basse, des bouteilles vides, des cendriers pleins et la lumière du jour qui tente de pénétrer dans la pièce, de passer en force par les minces fentes des rideaux. Ils sont toute une bande à se retrouver pour picoler, pour faire la fête comme dit Olga, pour brûler leurs dernières cartouches comme le prétendent certains autres — j'en ai croisé quelques-uns qui m'ont tenu des propos intelligents, des constats lucides sur la longueur de leur sursis. Enfin, ils pourront continuer de se rencontrer le samedi soir aux Alcooliques Anonymes ou chez les cinglés au train où vont les choses, mais ça les regarde. S'ils sont pressés d'en finir, ça les regarde. Je regrette simplement que ma mère fasse partie du lot. J'en veux à Olga de lui avoir présenté ses amis.

« Mais qu'est-ce que tu crois ? » Voilà ce que me rétorque Olga. « Hein, qu'est-ce que tu crois ? Qu'on est en train de chercher un mari ? Qu'on y va pour trouver un homme et se le ramener à la maison ? Alors faut te faire soigner. Alors cherche pas à comprendre. Viens pas t'occuper de nos affaires. »

« C'est ça. Laisse-nous tranquilles », ajoute ma mère.

Je trouve son manteau dans une chambre vide, sur un fauteuil. Les draps du lit sont rejetés sur le côté, les oreillers enfoncés.

« T'as trouvé ce que tu cherchais ? » me demande le type en enfilant un pantalon. Il me dévisage d'un air amical. Comme je m'apprête à sortir, il me retient par le bras : « Sois gentil avec elle », qu'il me fait.

Je dégage mon bras d'une secousse.

Il nous suit jusqu'à la voiture. Ma mère a baissé son carreau et il est penché sur elle. Ils échangent quelques mots que je ne saisis pas. Puis il l'embrasse sur la bouche.

« Quelle importance ? » déclare-t-elle tandis que nous retournons en ville comme si le feu avait pris derrière nous.

Quand nous arrivons chez elle, le téléphone sonne. Je décroche. « Passe-moi ta mère », me dit-il. Elle prend l'appareil et va s'enfermer dans sa chambre.

Il est presque midi. J'appelle Utte pour voir et elle me demande ce que je fabrique sur un ton sec. Mes histoires avec ma mère empoisonnent nos rapports. Ce n'est plus comme au début, entre Utte et moi. Elle m'annonce que si je n'arrive pas en vitesse, elle partira sans moi. Ce n'est plus du tout comme au début, lorsque nous avons emménagé ensemble. Au printemps. Je n'ai pas l'impression que c'était hier. J'inspecte la rue qui me paraît aussi étrangère que je le suis à moi-même lorsque j'effleure certains sujets. Par moments, on ne reconnaît rien. Pas même sa propre image.

Quand je me retourne, ma mère me tend le combiné : « Il veut te parler. »

Je repasse chez moi. Utte est prête à partir.

Elle me jure que je vais le regretter si je lui fais ce coup-là. J'essaye de la prendre par la taille mais elle bondit hors de ma portée. Je m'assois et l'invite à se calmer. Elle sort en claquant brutalement la porte.

Je remonte en voiture et file de nouveau vers la banlieue, sous une lumière blanchâtre. Pourquoi ne suis-je pas en train de m'amuser avec les autres ? Pourquoi n'ai-je pas suivi Utte, en envoyant promener tout le reste ? Qu'est-ce que j'ai à y gagner ? Des ennuis, d'une manière ou d'une autre. Des ennuis, bien sûr. Mais comment y échapper ? Comment se donner les moyens d'agir dans son propre intérêt quand l'horizon est encore vague, encore si éloigné ? Parce que j'aimerais bien le savoir.

Cette fois, il est correctement habillé et le salon est rangé. Les rideaux sont ouverts.

« Il y a quelque chose entre ta mère et moi, me dit-il. Tu as dû t'en apercevoir. Il faut qu'on en parle. Je t'ai demandé de venir pour qu'on ait une conversation d'homme à homme. Parce qu'il se passe des choses entre ta mère et moi. Tu vois ce que je veux dire ?

— J'en sais rien. Elle m'en a pas parlé.

— Eh bien, moi, je t'en parle. Assieds-toi. Reste pas planté là.

— Je préfère rester debout. J'ai pas beaucoup de temps. »

Il me demande de me détendre, de m'asseoir, de ne pas avoir d'a priori sur la question, de l'appeler Roger, de le tutoyer. Malgré mon refus, il me sert un verre.

« T'as l'air de tomber des nues, me dit-il. Mais peut-être que tu le fais exprès, va savoir. T'as pourtant l'air d'être un garçon intelligent. »

Il guette mes réactions mais je demeure muet comme une carpe, immobile comme un caillou. Les filles s'en plaignent, quelquefois.

« Écoute. Ta mère et moi, on aimerait se voir plus souvent. Tu vois, comme partir en week-end, aller au restaurant, passer la soirée ensemble. Ce genre de trucs. J'ai pas besoin de te faire un dessin… Alors, qu'est-ce que t'en penses ? Est-ce que ça te pose un problème ?

— Pourquoi, ça devrait ? »

Il marque un temps d'hésitation. Je commence à l'énerver. Mais comme je suis le fils de la femme qui l'intéresse, j'ai droit à une certaine marge, à des égards particuliers de la part de ce connard pitoyable. Il soupire :

« J'ai l'impression que j'ai besoin de ton accord. Aussi bizarre que ça puisse paraître. J'ai l'impression d'avoir besoin de ta permission. Est-ce que je me trompe ? »

Je crois qu'il se trompe mais je suis pas bonne sœur. Je le laisse dans l'expectative. Je me demande ce que ma mère lui trouve — si jamais elle lui trouve quelque chose, si Roger ne prend pas ses désirs pour des réalités. Non pas que ma mère se prive d'avoir une vie sexuelle, comme la plupart des veuves de son âge, mais ça ne va pas plus loin. Baiser est une chose, passer la nuit dans les bras d'un homme en est une autre. Sans parler de partir en week-end.

« Est-ce que tu m'écoutes ? Je crois qu'elle s'inquiète de ta réaction. Elle pense que tu pourrais voir ça d'un mauvais œil. Que ça te plaise pas. Mais je vois pas pourquoi ça te plairait pas. Qu'est-ce qu'on fait de mal ? »

Je suis sur le point de lui balancer mon verre à la figure quand une fille entre dans la pièce. Et j'en tombe à la renverse.

La semaine suivante, ma mère est sur son trente et un. Elle porte une robe noire, très moulante, un collier de fausses perles et son soutien-gorge est plein. Je n'arrive pas à la comprendre.

Là où elle bosse, il y a deux femmes de son âge qui ne demanderaient pas mieux que de l'inviter et je suis sûr que ça lui ferait du bien, je suis sûr qu'elle se retrouverait avec des moins nazes.

« C'est un genre que je supporte pas, déclare-t-elle.

— Quoi. De quel genre tu parles ?

— Oh, tu sais bien. Ils ont des tas de gosses dans les jambes, ils bricolent leurs apparts, ils font des projets et ils vont s'habiller chez H & M. Ce genre-là. »

Fin de la discussion. Un jour, je la vois revenir avec Olga, je les entends arriver en riant comme des folles et elles ont les bras chargés de paquets. C'est comme ça que j'ai compris. C'est comme ça que j'ai découvert quel genre elles fréquentaient. Rien qu'en voyant le style qu'elles adoptaient.

Je leur ai demandé ce qu'elles fabriquaient avec leurs talons hauts et leurs bracelets, leurs bas fantaisie, à traîner avec une bande de quasi *sexagénaires* abonnés au Viagra et au martini-gin. Avec leurs implants, leurs caleçons Calvin Klein et leurs voyages dans les îles. « Dans des hôtels quatre étoiles, a précisé Olga en me considérant avec dédain. Dans des hôtels quatre étoiles, mon p'tit gars. »

La nuit est tombée. Ma mère plante une dernière épingle dans son chignon et me demande si ça va, si sa nuque est mise en valeur. Elle est un peu nerveuse. Elle craint que je ne lui gâche sa soirée. Je suis assis sur un pouf, la tête baissée. Mais d'un autre côté, elle n'est pas mécontente.

« J'ai bien envie de l'appeler, me dit-elle. J'ai envie que ce soit tout à fait clair. »

Je me lève d'un bond, sans lui répondre, et je vais regarder par la fenêtre. Je fais tout ce que je peux avec Utte, je fais le maximum pour que ça marche, mais je sens que la situation m'échappe. Je l'ai désarmée, il y a quelques minutes, alors qu'elle menaçait de me frapper avec une poêle. Elles se détestent. Au début, elles ne s'appréciaient pas beaucoup, mais à présent, elles se détestent. J'appuie mon front contre le carreau glacé.

« Parce que je n'y suis pour rien, reprend-elle en estompant son blush. J'espère que tu ne t'es pas servi de moi. Tu ne t'es pas servi de moi, j'espère ? »

Je vais dans mon ancienne chambre et je m'allonge un moment en attendant qu'elle me donne le signal du départ. Je passe en revue toutes les anomalies du plafond et pour finir, j'y trouve un peu de l'apaisement d'un homme qui s'avance en territoire connu. J'ai passé toutes mes nuits dans cette chambre durant ces cinq dernières années.

Ma mère rentrait tous les soirs. Je croise mes mains derrière la tête. Je me regarde. Je suis affalé sur des coussins, pieds nus, torse nu, la braguette à demi ouverte. C'est une publicité pour un parfum. Je fixe l'objectif avec un air un peu mauvais. Avec cette photo, j'ai payé le loyer pendant trois mois. Je pense que c'est pour cette raison que ma mère la garde.

Quand elle est prête, je lui jette un coup d'œil sans rien dire.

Dans la voiture, elle me fait : « Je ne te conseille pas de venir m'ennuyer. »

Nous sommes arrêtés à un feu. Les piétons traversent, le dos voûté, le visage dans l'ombre, l'écharpe au vent. L'enseigne d'une pharmacie indique − 2, puis la date, puis l'heure. Je lui réponds qu'elle n'a qu'à bien se tenir en examinant la cime des arbres presque fondue dans l'obscurité.

« Et ça veut dire quoi ? déclare-t-elle.

— *Ça veut dire quoi ?* Ça veut dire quoi, à ton avis ? »

Je redémarre brusquement. En fait, c'est une première. J'ai mes amis et elle sort de son côté, si bien que c'est une première, la mère et son fils en vadrouille aux environs de neuf heures du soir, embarqués vers une destination commune — et soudain criblée comme un champ de mines par les multiples sources de contrariétés qu'elle couve. Mais je suis prêt à en payer le prix. J'ai passé la semaine sur des charbons ardents à cause de cette fille.

Je mets la très sombre humeur d'Utte, ces derniers jours, au compte de mon air absent et de mon incapacité à chasser cette fille de mon esprit, toutes ces interrogations à son sujet et en particulier au mien, dans la mesure où je ne suis pas tellement rodé à ce genre de choses.

« Mais qu'est-ce qu'il t'arrive ? Qu'est-ce que tu as ? » m'interroge Utte en faisant les cent pas dans notre petite chambre. Je sais que je pourrais l'attirer à moi et la baiser pour m'en tirer à bon compte, pour la diriger telle une aveugle et lui prouver qu'elle déconne, mais je n'en fais rien. Je décide de lui confectionner des crêpes.

Ce qui ne sert strictement à rien. Ça ne va pas fort, entre nous. Peut-être que c'est moi. Peut-être que je ne suis pas mûr pour ce genre d'expérience. Peut-être que cette solution n'était pas la bonne. En tout cas, elle n'en veut pas, de mes crêpes. Elle m'attrape par les cheveux et me secoue un bon coup. Mais que puis-je lui dire ? Alors que je ne le sais pas moi-même, que puis-je lui dire ? Avant moi, elle sortait avec un acteur, mais lui au moins, déclarait-elle, on savait que c'était sa carrière, tandis que moi, qu'est-ce que je cherchais, qu'est-ce que je voulais au juste ? Elle essayait d'interpréter mes silences, elle me prêtait des arrière-pensées que je n'avais pas et si je ne montrais pas assez d'empressement ou si je ne rebandais pas assez vite, elle glissait quelques allusions à propos de mon boulot, comme quoi j'étais peut-être en train de virer ma cuti avec tous ces types qui me tournaient autour.

Comme nous sortons de la ville, ma mère propose de longer la côte. Il y a de la circulation dans l'autre sens, des voitures pleines, des troupeaux entiers se dirigeant vers le centre, attirés par les lumières, bravant l'obscurité et les accotements non stabilisés avec la ferme intention de s'en payer avant que le ciel ne leur dégringole sur la tête. D'un côté, il y a l'océan, et de l'autre, sur un bon kilomètre avant qu'on puisse respirer, des restaurants, des commerces, des pompes à essence, des vitrines illuminées. Ma mère a besoin de cigarettes. Je me range sur un parking et elle revient avec les bras chargés de bouteilles. « Je t'ai pris de la bière », me dit-elle.

Quand je la revois, pour commencer, je suis profondément déçu. Je la trouve quelconque. Je me demande si je n'ai pas affaire à sa sœur jumelle, à sa pâle copie. Je me demande si je n'ai pas été victime d'une hallucination l'autre jour, si, au moment où je m'apprêtais à balancer mon verre à la tête de Roger, un éclair ne m'a pas aveuglé.

Je lui serre la main. Elle baisse les yeux. Roger nous tient tous les deux par une épaule, souriant d'une oreille à l'autre, le col de chemise ouvert et farci d'un foulard peut-être en soie, il est rasé de frais, parfumé, et il est content pour nous, il est persuadé que nous allons devenir les meilleurs amis du monde, la fille et moi, que nous allons trouver à qui causer, il ajoute *entre jeunes*, il n'ajoute pas *comme ça on vous aura pas dans les jambes* mais c'est inscrit sur son front. Tout à coup, je me sens d'humeur à foutre la merde dans cette soirée.

Elle s'appelle Cécilia. Et déjà, faut le faire de s'appeler Cécilia, faut pas avoir peur. Elle me suit jusqu'au buffet et je ne peux déjà plus la supporter. Pendant ce temps-là, la maison se remplit, les voitures se garent sur le trottoir, les portières claquent, on s'embrasse dans le hall, on accroche les manteaux, et comme elle n'arrête pas de me regarder et que je suis sur le point d'en avaler un, je lui demande si c'est elle qui les a confectionnés, les canapés. Histoire de lui raconter quelque chose.

Je reconnais quelques têtes. Il m'est arrivé d'aller récupérer ma mère chez certains d'entre eux et je remarque surtout qu'ils ont l'air plus frais qu'au petit matin, que leurs vêtements ne sont pas froissés, qu'ils sont coiffés et tiennent sur leurs jambes. Ils sont une vingtaine et tout le monde parle en même temps, debout au milieu de la pièce, les histoires qui leur sont arrivées durant la semaine, l'état de leur traitement en cours et comment va le monde d'une manière générale, si l'on n'est pas revenu au temps des guerres de religion ou à la crise de 29. Un couple a apporté des chocolats — le type avait également deux bouteilles dans les poches de son manteau. Un couple a apporté des rouleaux de printemps et un autre une compilation des succès de Dean Martin qu'Olga s'est empressée d'aller mettre en serrant le boîtier contre son cœur avec un air de possédée. «Voilà ce que j'appelle une voix sensuelle, me rabâchait-elle depuis que je la connaissais. Voilà où je vous suis plus, toi et les tiens, pour être incapables d'apprécier les belles choses. Par moments, je vois vraiment le fossé qui nous sépare.»

Ils mangent et ils boivent et ils se promènent en plaisantant, investissent les sièges, et je me demande comment tout ça va finir. Ou plutôt je sais comment tout ça va finir, mais je ne veux pas y croire, quelque chose en moi refuse d'admettre que ces événements se sont déjà déroulés maintes et maintes fois, que je n'en percevais qu'un écho lointain quand ma mère venait s'échouer dans mes bras et que royalement, je lui prescrivais un peu d'aspirine.

Cécilia me tire par la manche :

«Tu veux voir ma chambre ?

— Je pense bien, je lui dis. Embarquons les bières.»

Pendant que Dean Martin attaque *That's amore* en compagnie d'Olga qui serre dans son poing un micro invisible et se trouve vivement encouragée à rouler des hanches, Cécilia et moi grimpons à l'étage.

Je m'attends à ce que sa chambre vaille le coup mais les murs sont vides et le matelas est posé à même le sol.

« Où sont tes affaires ? je lui demande.

— Quelles affaires ? »

Je la regarde et je me dis qu'il est temps de partir. Mais une heure plus tard, inexplicablement, je suis toujours là.

Elle propose que nous allions faire un tour. Je suis à sa disposition. Je remets mes chaussures.

En bas, on dirait qu'ils ont monté le chauffage, qu'ils ont oublié tous leurs soucis et pris des couleurs. Mais ils se tiennent encore pas trop mal, même si les femmes ont renoncé à tirer sur leurs jupes et que les types sont occupés à les mater consciencieusement. Ma mère comme les autres. Et ça, je le souhaite à personne.

« Je peux pas te dire ce que ça me fait, j'avoue à Cécilia en remontant mon col.

Mais ça me gâche vraiment la vie, par moments. »

On emprunte des allées désertes entre les pavillons, les fenêtres éclairées, on longe des fils électriques qui dansent d'un poteau à l'autre. Le ciel est d'un noir profond, étoilé, et ça nous fait du bien de nous dégourdir les jambes. On a une conversation plus légère. Cécilia me paraît un peu excitée, mais après ce qu'elle m'a raconté, ce qu'elle vit et qui rendrait dépressifs de plus malins qu'elle, je suis content de la voir sourire. Je me dis qu'elle aurait tort de ne pas en profiter.

Puis voici l'océan. On n'y voit que dalle. On ne distingue pas d'horizon, on ne voit pas la différence entre l'océan et la nuit. Il y a du vent mais il ne fait pas trop froid. On s'assoit dans le sable, les genoux repliés sous le menton. Je la regarde et je suis étonné.

Au bout d'un moment, on se lève et on marche sur le bord. Dans ce coin, les plages font des kilomètres.

Elle a les pieds dans l'eau. Elle tient ses chaussures à la main et elle tire sur son pantalon. « Elle est comment ? » je lui demande. C'est la première fois que je rencontre une fille qui a perdu ses parents, une fille élevée par son beau-père. Je ne sais pas ce qui m'a pris, en arrivant, pourquoi le charme que j'avais éprouvé la première fois n'a pas opéré tout de suite.

Si on aime le genre un peu renfermé, un peu cafardeux, elle est parfaite. Si on ne les aime pas bronzées et souriantes du matin au soir, si on ne doit pas tourner un clip en string pour MTV, si on préfère quelque chose d'étrange, une fille assez originale, inquiétante mais originale, alors on peut venir sonner à sa porte.

Utte n'est pas inquiétante. J'ai cru qu'elle l'était, mais elle ne l'est pas. Au contraire. Utte, un gosse de douze ans aurait pu sortir avec elle et déjouer toutes ses manœuvres, prévoir ses moindres variations d'humeur, ses envies d'éternuer. Ça n'allait vraiment plus du tout, entre nous. L'épisode de la poêle, encore tout frais, était peut-être un point de non-retour.

« Mais tu vis avec elle, se renseigne Cécilia.

— Peut-être, mais je me demande jusqu'à quand. Je peux pas le savoir.

— Bien sûr. C'est pas facile de vivre avec quelqu'un. Je comprends. »

On escalade des digues de rochers, des blocs sombres, on cherche à se dire des choses, on marche jusqu'à l'embouchure d'un cours d'eau que la marée repousse et qui nous oblige à faire demi-tour.

Elle a vingt-quatre ans, deux de plus que moi, mais elle n'a jamais encore tenté l'expérience.

« Je dois pas me sentir vraiment candidate. Ça doit être ça. Je suis pas candidate. Enfin, ça s'est jamais présenté. Je sais pas si c'est une solution.

— Je peux pas te le dire. Y a peut-être pas des solutions à tout. Je peux pas t'éclairer là-dessus, désolé.

— En fait, j'y crois pas. J'y crois pas, je peux pas me forcer. »

On n'a pas grand monde autour de nous qui pourrait nous servir d'exemple, soyons justes. On n'en connaît pas qui pourraient nous éclairer le chemin, ou alors, c'est qu'on est mal tombés. On doit se rendre à cette évidence.

Quand je vois la tête de Cécilia, je me rends compte que nous aurions mieux fait de parler d'autre chose. Alors je lui dis que ça serait bien si on pouvait se revoir.

Elle me répond : « Dans quel but ? » en regardant ailleurs. Sur un ton qui me prend au dépourvu car je n'ai pas l'intention de brancher l'électricité entre nous. Ma proposition n'impliquait que le bon côté des choses. Ça n'allait pas chercher plus loin.

« Pas besoin de but, je lui dis. Pourquoi on se reverrait pas ? »

On s'assoit de nouveau pour y réfléchir. On écoute le ressac. À son avis, je ne dois pas avoir beaucoup de mal avec les filles. Alors pourquoi je me casserais la tête avec elle ? Qu'est-ce que j'essaye de lui faire croire ?

Je laisse passer l'orage. Au moins, être élevé par une femme permet d'éviter les pièges les plus fréquents. Je me concentre sur l'iode qui pénètre mes poumons, je me coince une mèche derrière l'oreille pour m'allumer une cigarette sans me les cramer.

Elle finit par changer de sujet : « On va se baigner ?

— Tu te trompes, je lui dis. Je suis pas ce que tu crois. Je suis loin d'être celui que tu imagines. »

Je ne suis pas bien sûr de ce que ça signifie, mais j'y mets le maximum de conviction. J'ai l'impression d'être au boulot, en train de prendre une pose.

«Tu viens te baigner ou non ?

— Quoi ? Tu veux rire ? »

Elle commence à se déshabiller.

«T'es pas un peu folle ? je ricane. Tu serais pas un peu des fois tombée sur la tête ? »

L'océan est du noir le plus noir que j'aie jamais vu de ma vie, d'une immensité épouvantable, d'une froideur à vous glacer les entrailles, et la voilà qui arrache ses vêtements, qui se retrouve nue comme un ver en pleine nuit, en novembre, et sur le point de piquer un plongeon. J'en reste la bouche ouverte. Le bout de ses seins est rouge. On dirait qu'on les a frottés ou triturés pendant longtemps. Malheureusement, j'ai conscience de retomber dans son estime. Je me sens soudain perdre toute espèce d'intérêt à ses yeux. N'empêche que j'y vais pas. Et pour commencer, je ne suis pas un excellent nageur. Je n'ai jamais couru après l'élément liquide.

Je la regarde se diriger vers l'océan en me demandant si je ne devrais pas me lever et l'empêcher de faire ça. J'hésite. Je ne voudrais pas aggraver mon sort, jouer les chiens de garde avec elle. Je comprends assez bien son état d'esprit du moment pour en traverser de semblables, quand j'ai l'impression que je ne vais pas m'en sortir, que j'escalade un trou dont les parois s'effondrent. C'est d'ailleurs ce qui me plaît, chez elle. D'avoir le sentiment de la connaître depuis très longtemps.

Quand je suis à peu près sûr qu'elle s'est noyée, je vais chercher du secours.

Ils m'enjoignent de me calmer, de reprendre mon souffle.

Roger prend les autres à témoin : « Qu'est-ce que je vous disais. Hein, je vous l'avais pas dit ? » Ils se mettent à chercher leurs manteaux, dans la plus grande confusion, pendant que pour la énième fois, on me demande ce qui s'est passé *au juste*. Des voix pâteuses. Certains ne parviennent même pas à s'extirper de leur siège et se contentent de secouer la tête avec un air ahuri.

J'entends : « Mais qu'est-ce qu'ils ont dans le crâne ? » J'entends : « Merde, il manquait plus que ça. » J'entends : « Faut appeler les pompiers, non ? C'est pas leur boulot ? »

Roger revient sur ses pas et empoigne le téléphone. Tandis qu'il attend qu'un pompier se réveille, il me fixe ardemment. Ma mère vient se planter à côté de moi, alors il se détend. Je ne crois pas qu'elle serait disposée à lui en accorder davantage — son chignon bat de l'aile et je la sens toute ramollie, toute moite — s'il s'en prenait à moi. Et il doit penser la même chose.

Pour finir, on part à cinq ou six, après avoir trouvé deux lampes torches dans le garage et des fusées pour le 14 Juillet qui pourraient bien nous servir pour y voir un peu clair sur l'océan. Roger persuade les femmes de rester, de passer les coups de fil nécessaires plutôt que d'aller attraper la mort sur la plage pour une raison dont l'utilité n'est pas démontrée, d'aller attraper un chaud et froid. Je grimpe à l'avant, avec Roger, les autres s'entassent à l'arrière en grognant. Et avant de démarrer, il me jette un regard tordu. Puis il embraye.

« Les mômes, c'est une responsabilité, déclare-t-il avec un mauvais sourire aux lèvres. Une sacrée responsabilité, tu crois pas ? »

Mais je vais pas discuter avec un mec pareil, j'en ai pas l'intention. Seulement au ton qu'il prend, avec cette espèce de défi permanent qu'il me lance, je peux imaginer que ses affaires entre ma mère et lui sont en bonne voie, et je la maudis intérieurement, j'ai envie de l'étrangler de mes propres mains.

Roger se gare devant une buvette aux volets baissés, fermée jusqu'au printemps. On saute de la voiture et on descend sur la plage. Je les amène jusqu'au tas de vêtements de Cécilia pendant que l'un d'eux se met à vomir dans un bosquet tout en agitant une main pour nous prévenir que tout va bien. Puis on s'avance vers l'océan et Roger se met à gueuler son nom, les mains en porte-voix, et on s'y met aussi, on se met tous à beugler son nom vers les ténèbres, comme si nous étions devant un mur noir.

« Je sais où on peut trouver un bateau, nous annonce Roger. Il nous faut un bateau. »

On le suit jusqu'à la voiture, il prend la manivelle du cric et on se met à courir tant bien que mal le long des bâtiments qui bordent le front de mer, tandis que deux gars sont restés à la voiture pour s'occuper des fusées.

L'une d'elles éclate bientôt et illumine le ciel comme une flèche empennée de gerbes de feu au moment où Roger vient à bout d'un cadenas. On se tourne pour observer un océan vide. Roger soulève un rideau de fer. En fait de bateau, il s'agit d'une petite barque. Roger et moi la retournons sur notre dos et nous regagnons la plage.

Nos deux artificiers zèbrent avec rage le ciel de leurs éclairs sifflants — ils ont résolu le problème de l'allumage au moyen d'un cigare et en sont satisfaits —, mais l'océan demeure vide et plat et on ne sait pas quoi faire. Celui qui a vomi est blanc comme un spectre. Quant au reste de la bande, je n'ai jamais vu des abrutis pareils.

Roger m'embarque avec lui, sans me laisser le choix. Il envoie les autres faire les cent pas sur la plage.

« Et pour commencer, prends les rames, il me dit. Prends ces putains de rames. »

Le vent le décoiffe, découvrant sa calvitie et agitant comme un lambeau de serpillière la longue mèche qui est collée à son front en temps normal. Mais on dirait que ça ne le dérange pas. On dirait qu'il s'en fout royalement de ce que je peux penser, moi et ma tignasse d'enfer, maintenant qu'on est que tous les deux et que ces choses-là ne comptent plus.

« T'es un homme ou quoi ? » il ajoute en me braquant sa lampe torche dans la figure. Ça le fait rire. Je saisis les rames et on s'éloigne du bord.

« Tu vois comment ça finit ? il me fait. Tu vois ce qui se passe quand on franchit la ligne ?

— Je peux avoir la lampe ? » je lui demande.

Il éclaire à droite et à gauche, avec une grimace :

« T'as pas besoin de lampe. Ça sert strictement à rien, t'es pas d'accord ? »

En fait, il est encore plus saoul qu'il n'en a l'air. Il est écarlate, il a le regard brillant comme du vernis à ongles. Je continue de ramer, au petit bonheur, en rongeant mon frein. J'ai chaud, et en même temps je suis glacé. Roger est affalé à l'avant, à faire le con avec sa lampe, éclairant mollement les alentours quand il ne me la braque pas en pleine figure pour voir ma réaction. Pour me faire chier, tout simplement, comme un type qui prend plaisir à exciter un chien derrière des grilles.

« Ça vous gênerait d'arrêter cinq minutes ? je lui demande. Vous croyez pas qu'on a autre chose à faire ? »

Il se penche vers moi :

« Faire quoi, à ton avis ? Tu te fous de ma gueule ?

— Écoutez. On est en train de chercher votre fille. Oubliez pas ça.

— Ma fille ? Quelle fille ? C'est pas ma fille. »

Je vire à droite. Le rivage me paraît lointain.

« Si c'était ma fille, il ajoute, on n'en serait pas là. Fais-moi confiance. Il lui manquerait pas une case, comme à l'autre.

— Ben, j'espère qu'elle vous entend, je lui dis. J'espère qu'elle en perd pas une miette.

— Et alors ? Je vais le regretter, tu crois ? Tu crois qu'on passe notre temps à vous regretter ? Pendant des années, elle m'a rendu dingue du matin au soir. Jour après jour. J'ai eu que des emmerdes avec elle depuis le début. Tu crois que je vais verser des larmes ? »

Malgré l'air, j'ai l'impression de pouvoir sentir son haleine de fêtard aviné. Une mouette pique sur nous puis reprend son vol.

« Mais y a un minimum, je lui réponds.

— Alors mettons que c'est ça, le minimum. Une balade en bateau. C'est tout ce que vous méritez. »

Je suis tombé sur un cinglé. Mais aussi, il y en a tellement que je ne suis pas étonné. J'ai une pensée pour Cécilia qui a vécu toute sa vie avec un type pareil. Et ce type couche avec ma mère. Et je me dis que si elle en est arrivée là, c'est grave. C'est qu'elle est tombée bien bas.

« Je sais à quoi tu penses, me dit-il. Là, maintenant. Je sais exactement à quoi tu penses.

— Ça se peut, je lui réponds. En attendant, y a votre téléphone qui sonne. »

Il fouille dans ses poches sans me quitter des yeux.

« Je te conseille pas de nous emmerder, ta mère et moi. Je te donne un conseil d'ami.

Viens pas nous emmerder. Parce que je sais très bien à quoi tu penses. »

Son téléphone cesse de sonner et à présent, on entend un klaxon. Je me tourne vers la grève, parsemée de petites lueurs pâlottes, soulignée d'une fine frange d'écume grisâtre.

« On me gâche la vie une fois, mais on me la gâche pas deux fois », déclare-t-il.

J'essaye de voir ce qui se passe sur la plage, de repérer l'endroit où nous avons garé la voiture. Mais lui, ça ne l'intéresse pas du tout.

« Tu crois qu'elle t'appartient, peut-être ? Hein, Ducon ? »

Je me tourne vers lui. S'il n'a pas encore de bave qui lui coule aux lèvres, ça ne saurait tarder. Je sens qu'il est en train de faire une fixation sur moi, comme si j'étais la somme de toutes ses rancœurs incarnée. Je crois qu'il est arrivé à un âge où l'on a besoin de trouver les coupables. Et il faut que ça me tombe dessus.

Je le fixe en tirant de nouveau sur les rames, sans lui répondre, en direction du bord d'où jaillit une fusée qui part en zigzag et s'immobilise un instant au-dessus de nos têtes.

« Tu crois que je vais supporter ça ?

— J'en sais rien. Je me pose pas la question. »

Sur quoi, il essaye de me balancer un coup de pied. Mais comme il est assis dans le fond de la barque, qu'il est ivre et que je suis sur mes gardes, sa jambe se révèle trop courte, trop lourde et trop lente pour m'atteindre. Et elle est à peine retombée que je suis debout, brandissant une rame à bout de bras.

« Ben vas-y, qu'il me fait. Essaye un peu. »

Je ne suis pas suffisamment en colère. Pas au point de lui fracasser le crâne. J'ai bousillé le crâne du chien d'Olga un soir qu'il était devenu fou et voulait me sauter à la gorge, et je sais ce que ça fait, c'est pas très beau à voir. Alors je me rassois.

« C'est pas facile à gérer, hein Ducon ? lâche-t-il en ricanant. Ça te travaille, pas vrai ? Tu sais de quoi je veux causer, hein Ducon ? »

Je sens une barre me tomber sur l'estomac. On approche du rivage, j'aperçois les autres, leurs silhouettes noires qui s'achemi-

nent comme une troupe sortant d'une lessi-
veuse, trébuchant sur le sable, alors que je
suis presque plié en deux sur mon siège sous
l'œil de Roger qui ricane, tout fier de lui. S'il
m'avait sorti ça pendant que je tenais la
rame au-dessus de sa tête, on aurait basculé
dans le sordide. Ma mère serait venue
m'apporter des oranges.

Il cherche à m'attraper au moment où je
sors de la barque, retombant à pieds joints
dans l'eau glacée qui me grimpe jusqu'aux
mollets.

Je regarde sa bouche quand il me fait :
« Et c'était comment ? » Je vois comme une
ignoble espèce de matière élastique qui se
tord dans tous les sens, un tuyau vivant, une
vision vraiment digne d'un excès d'halluci-
nogènes aux effets foudroyants, et sur le
coup, j'en reste la proie tétanisée, frappée de
stupeur. Il saisit ma manche. Je l'envoie promener. Les autres nous annoncent que
Cécilia est rentrée à la maison. Mais il ne les
écoute pas, il me dévisage sans ciller, avec sa
longue mèche en bataille : « Me prends pas
pour un débile », il ajoute.

Lorsque nous arrivons, tout le monde se tait. Cécilia est au milieu de la pièce, les cheveux encore humides, raide comme un piquet dans les lumières tamisées.

Durant le trajet, Roger n'a pas desserré les dents et j'ai attaché ma ceinture de sécurité tandis qu'il se démenait pour nous envoyer dans le décor quand un virage se présentait ou qu'il mordait sur le trottoir à pleine vitesse. Il était deux heures du matin, il n'y avait pas un chat, les pneus crissaient, pas âme qui vive dans les pavillons ni dans les jardins dont les haies frissonnaient au vent et les autres rigolaient à l'arrière en évoquant le bain de Cécilia et ses petites fesses bleuies et ses petits seins grelottants et son petit corps de femme transi mais super, vraiment remarquable.

Roger file droit sur elle. « Tout va bien, les enfants, tout va bien », risque Olga qui a égaré ses chaussures comme d'habitude et a toujours pris la défense du plus faible, surtout s'il s'agit d'une femme — ou quand il s'agissait de moi autrefois et que mes parents se disputaient dans la pièce à côté et que je me réfugiais dans ses jupes. Ma mère se mord les lèvres. Quelqu'un tend un verre sur le chemin de Roger, mais ce dernier l'ignore. Il n'a même pas un regard pour une femme qui prétend qu'on devrait frotter Cécilia avec de l'eau de Cologne.

Sans un mot, il va jusqu'à elle et lui attrape le bras. Fermement. Sans un mot, elle tente de se dégager mais il l'entraîne vers l'escalier. Le genre de scène qu'on a déjà vu cent fois.

« Il faut les laisser se débrouiller, déclare un type aux tempes grisonnantes pendant que Roger arrache le bras de Cécilia pour la forcer de grimper à l'étage. Croyez-moi, poursuit-il, l'expérience me dit qu'on ne doit pas s'en mêler.

— Alors allez vous asseoir, je lui fais. Je le crois pas. Allez vous asseoir. »

Elle a beau renâcler, se laisser tirer comme un âne mort, Roger la pousse à l'intérieur de sa chambre et disparaît à sa suite. Tout le monde tend l'oreille. Je cherche ma mère du regard mais elle baisse les yeux.

Inquiet, je lance d'une voix forte : « Hé, mais qu'est-ce qui se passe là-haut ? » Je me tourne vers les autres : « On devrait pas aller voir ?

— Aller voir quoi ? » répond une femme un peu grasse, liftée à mort, saucissonnée dans une robe à paillettes et rajustant la bretelle de son soutien-gorge qui a glissé sur son bras, mais elle n'attend pas ma réponse et se dirige vers les bouteilles d'alcool.

Ils sont pitoyables, ces vieux tarés. Il n'y en a pas un pour lever le petit doigt pendant que l'un des leurs abuse de son autorité parentale dans un accès de fureur éthylique. Je peux sentir les mauvaises vibrations qu'ils m'envoient, leur insistance à bien me faire voir que je suis de l'autre côté de la barrière. Mais dans ce cas, pourquoi ils nous ont faits, pourquoi devrait-on les plaindre ?

Alors je suis obligé d'y aller. Parce que je partage certaines choses avec Cécilia, des choses que tout le monde peut pas comprendre et qu'il serait trop long d'expliquer. En tout cas, je m'engage dans l'escalier.

Roger sort juste à ce moment-là. Il claque la porte de Cécilia et la ferme à clé. On se croirait au Moyen Âge. Dans ce décor grotesque.

« Comme ça, on est tranquilles, annonce-t-il en descendant. On va avoir la paix. »

Il passe près de moi sans me regarder, comme si je n'existais pas, se frottant les mains, affichant un sourire satisfait pour les autres.

Quelqu'un a remis de la musique. Pendant que Roger raconte son aventure et recueille son lot d'approbations pour la manière dont il a mené l'histoire, ma mère s'approche de moi avec un air contrarié. Mais je ne sais pas si elle a quelque chose à me dire car je la douche aussitôt : « C'est tout ce que t'as trouvé ? Y avait pas le modèle au-dessus ? » Je focalise sur moi quelques coups d'œil inamicaux dont je me moque. Ils s'éloignent. Ma mère blêmit puis exécute un demi-tour et m'abandonne. Je l'accompagne d'un « J'ai pas eu le temps de te féliciter » qu'elle feint de ne pas entendre.

« N'en rajoute pas, me glisse Olga en prenant sa place. Ne lui casse pas la baraque.

— Qu'est-ce que tu dis ? J'ai mal entendu.

— Écoute, sois un peu plus cool, okay ? Monte pas sur tes grands chevaux.

— C'est ça. Compte dessus. Compte sur moi. Retourne auprès de tes amis.

— Ce que tu peux être désagréable quand tu t'y mets. Tu ne comprends pas que ça lui fait du bien, à ta mère ? T'es si bouché que ça ?

— Tu parles que ça lui fait du bien. Exactement ce qu'il lui fallait. Franchement, elle pouvait pas trouver mieux.

— C'est facile de dire ça. C'est un peu trop facile. »

Le couplet d'Olga à propos des femmes de quarante ans qui ne sont pas casées, je le connais. Elle m'en a rebattu les oreilles pendant des heures tout au long de ces dernières années. De leurs angoisses, de leurs besoins, de leurs erreurs qu'il faut juger avec clémence et mesurer à l'aune de leur détresse — traduction : *Laisse-moi baiser avec ce con car ça ne se présente pas tous les jours.* Tout ça, je l'ai assez entendu.

« Au fond, tu ne penses qu'à toi, elle insiste. Tu ne penses qu'à toi. Tu es d'un égoïsme à faire peur, c'est tout ce que j'ai à te dire.

— Ben t'es pas bavarde, je lui réponds. Je te reconnais plus. »

J'ai droit à un nouveau regard exaspéré. Je les collectionne depuis le coucher du soleil, je pourrais m'en confectionner un collier qui me tomberait sur le ventre. Elle va rejoindre les autres. En moins d'une minute, je viens de perdre les deux seuls soutiens sur lesquels je pouvais éventuellement compter parmi l'assistance.

Un homme en polo Ralph Lauren rose indien tente une manœuvre :

«Viens plutôt boire un verre avec nous, me propose-t-il. Allons. Ne rentre pas dans ta coquille.

— Dans *quoi* ? je grimace.

— Dans rien, soupire-t-il après une seconde d'hésitation. Agis donc à ta guise.

— À ma *quoi* ? »

Dès que j'en suis débarrassé, je grimpe jusqu'à la chambre de Cécilia.

Il va de soi qu'il s'agit d'un tout, que le sort de Cécilia n'est pas seul en cause — pour avoir la paix, j'ai moi-même enfermé Utte dans la salle de bains un jour qu'elle devenait hystérique au point de vouloir m'arracher le téléphone des mains alors que je parlais tranquillement avec ma mère et elle n'en est pas morte. Il s'agit d'un tout, je le répète, d'un voile qui obscurcit mes pensées et ne laisse filtrer qu'une rage profonde dont je me fiche d'examiner les multiples causes. Il s'agit d'un ras-le-bol récurrent, d'un irrépressible besoin de tout envoyer promener à un moment ou à un autre, de m'en prendre à tout ce qui m'entoure. Ce qui ne m'a encore jamais beaucoup avancé, je dois l'avouer, et ne m'a attiré que des ennuis — sans parler de l'absence de vraies relations avec les autres, du vide que je constate autour de moi à cause de ma réputation de type à problèmes. Mais je ne peux rien y faire.

Bref, me voilà donc devant cette porte. Par une petite fenêtre qui donne sur le jardin, j'aperçois la silhouette d'un palmier que le vent secoue dans la nuit et c'est moi qui frissonne. Puis je prends mon élan et je flanque un bon coup de pied dans le panneau, à la hauteur de la serrure.

L'impact de ma semelle produit un bruit sourd, encore que proche du tonnerre en montagne, mais la porte est toujours en place. Les mâchoires serrées, je me mets en position pour un deuxième essai, et juste à ce moment, je suis pris à partie, les voilà qui me tombent dessus.

Je suis fermement saisi et on me redescend illico au rez-de-chaussée, mes pieds touchant à peine les marches et accusé d'avoir mangé de la vache enragée pour emmerder le monde à un tel point, d'avoir le démon dans le sang.

De mon côté, je leur dis ma façon de penser, mais ils m'enferment dans le garage.

Alors je commence à tout casser. Je renverse des étagères remplies de bazar, je fracasse un guéridon sur le sol bétonné, je pulvérise le hublot de la machine à laver, je cabosse le sèche-linge avec une canne de golf, je lance une perceuse contre une fenêtre munie de barreaux, puis je prends un marteau avec l'intention de bousiller le moteur du portail électrique, quand j'entends la voix de ma mère dans mon dos :

« Arrête ça tout de suite. Allons-nous-en. »

Elle est livide. Elle tient ses bras nus comme si un air glacé l'enveloppait.

Roger, dans l'encadrement de la porte, garde le front appuyé contre le chambranle, le regard errant sur les dégâts. Puis il lâche : « Écoute. J'ai pas voulu dire ça », sur un ton navré.

Ma mère lui tourne le dos. Elle ne bronche pas.

Il reprend : « Bon, écoute. Je *m'excuse*. Est-ce que ça suffit pas que je m'excuse ? »

Je demande à ma mère : « Qu'est-ce qui ya ?

— Rien du tout, elle me répond aussitôt. Rien du tout. Fichons le camp d'ici.

— Fais pas ta mauvaise tête », il insiste.

Je demande à ma mère : « Qu'est-ce qu'il t'a dit ? »

Je vois qu'il l'a blessée. Qu'elle ne vacille pas seulement sous les effets de l'alcool. Quant à lui, s'il ne m'a pas encore sauté à la gorge, s'il contemple le bordel que j'ai mis dans son garage sans piquer une crise, c'est qu'il a dû faire fort avec elle.

« Bon, alors ? Tu viens ? » m'enjoint-elle en se dirigeant vers la sortie. Je la suis.

« Ôte-toi de mon passage », ordonne-t-elle à Roger.

Il la fixe une seconde puis s'écarte en déclarant : « Regarde un peu ce qu'il a foutu, et je dis rien.

— C'est ça. Ne dis plus rien, lui siffle-t-elle au visage. Ferme-la.

— Qu'est-ce qu'il t'a dit ? je demande. On peut savoir ? »

« Qu'est-ce que ça peut bien te faire, ce qu'il lui a dit ? soupire Olga sur la banquette arrière. Tu vas ruminer ça pendant encore combien de temps ? »

Je la regarde dans le rétroviseur, serrant le col de son manteau sur sa poitrine et vidant d'un trait les 5 cl de gin qu'elle a sortis de son sac, d'une pochette réservée à ses échantillons.

« Ma chérie, lui répondis-je, il n'y a pas de cobra dans le jardin.

— Vraiment ? Alors qu'est-ce que c'était ?

— Tu sais à quoi ressemble un cobra ?

— J'ai reçu son venin dans les yeux. Ça ne te suffit pas ? »

Je venais de parler avec Boris qu'elle avait appelé en urgence et qui lui avait administré de la cortisone. Il pensait qu'il s'agissait d'une herbe pointue ou d'une quelconque substance végétale.

« Je me suis assise et tout disparaissait autour de moi. Je devenais aveugle. Je n'y voyais plus rien du tout. En tout cas, ce n'était pas une couleuvre.

— Eh bien, au fond, qu'importe ce que

c'était, fis-je en reprenant mon sac. L'important est que tu ne sois pas aveugle. »

Je traversai la maison et entrai dans ma chambre. J'enfermai le sac à l'intérieur du dressing. Quand je me retournai, Sonia disposait adroitement trois iris dans un vase, tout en ruminant son histoire.

« Je te jure que j'ai vu quelque chose, reprit-elle.

— Mais ce n'était pas un cobra, sois tranquille. Nous n'habitons pas dans la jungle mais dans un quartier résidentiel, avec des jets d'eau automatiques, des lampadaires, des trottoirs goudronnés et tout ce qu'il faut, il me semble. Alors dis-moi, pourrais-tu m'expliquer ce qu'un cobra viendrait bien foutre par ici ? Tu veux y réfléchir ? »

Je retournai dans la cuisine en enfilant une chemisette. Je m'installai avec un Perrier sur un tabouret du bar et considérai le jardin.

« Tu n'as pas besoin de faire ça, lui dis-je. Tu n'as qu'à trouver quelqu'un pour s'en occuper.

— Alors tu me crois folle, soupira-t-elle en s'accoudant au plateau de verre de la table qui brillait comme un miroir et enlu-

minait quelques tulipes fraîchement cou-
pées par cette épatante maîtresse de maison.
Alors tu crois que j'ai inventé tout ça, n'est-
ce pas ? Mais quelque chose a filé entre mes
jambes, que ça te plaise ou non. Quelque
chose m'a craché son venin à la figure. »

Le soleil se couchait lentement, enflam-
mait la cime des arbres, dorait toute la végé-
tation alentour et la chaleur vibrait au-delà
des baies ouvertes. J'avais eu une journée
épuisante, nerveusement très éprouvante, si
bien que je ne souhaitais pas poursuivre
dans cette voie avec Sonia et son serpent
venimeux.

« Et à part ça ? » lui demandai-je.

Je me levai sans me presser et m'avançai
vers les fauteuils du jardin, arrêtant mon
choix sur celui qui tournait le dos à la
maison. Une fois installé, je fixai longuement la partie qu'elle était en train de
débroussailler depuis deux jours, de l'autre
côté de la piscine, mais je n'en voyais toujours pas l'utilité car je trouvais ce jardin
déjà bien assez grand. Néanmoins, son travail avançait et effectivement, on entr'aper-
cevait au loin l'océan bien qu'il fût impossible d'en dire grand-chose, sinon que nous

avions une vue sur la mer. Je renversai la tête contre le dossier en mousse et fermai les yeux.

« Je t'ai téléphoné, mais ça ne répondait pas, déclara Sonia tandis que je me redressais. Parce que je souffrais tellement quand c'est arrivé. J'étais terrifiée. Ça, au moins, tu peux le comprendre. J'étais réellement paniquée.

— Je ne pouvais pas répondre.

— J'ai eu l'impression que tu m'avais abandonnée. C'est le sentiment que j'ai eu.

— Désolé, mais je ne pouvais absolument pas te répondre. »

Elle portait une robe courte, de tissu léger, sans manches, boutonnée par-devant, qui lui allait très bien et mettait son corps en valeur. En temps normal, elle posait pour une célèbre marque de sous-vêtements féminins et ce n'était que justice. Maintenant, elle était enceinte de huit mois. Elle avait également adopté une coupe au carré pour laquelle je l'avais complimentée. Mais nous n'avions plus de relations sexuelles depuis un moment.

« Et pour quelle raison ne pouvais-tu pas répondre ? Est-ce que tu étais avec une femme ?

— Non, pas que je sache », déclarai-je.

Nous demeurâmes un instant silencieux, perdus dans nos pensées, sous une lumière biblique.

« Mais si c'était le cas, reprit-elle, tu me le dirais ?

— Je suppose que oui, je te le dirais.

— Mais tu n'en es pas sûr.

— C'est ça. Je n'en suis pas sûr. »

Je me levai pour clore la discussion — dans la mesure du possible.

L'arrivée de Boris créa une diversion. Il venait s'assurer que Sonia se portait bien, ce dont je n'avais pas à le remercier, me dit-il, c'était tout naturel, d'autant que par la même occasion il désirait m'entretenir seul à seul d'un certain problème si j'avais une minute.

J'acquiesçai en le conduisant jusqu'à sa patiente qui était en train d'examiner ses jambes avec une attention soutenue — elles avaient envahi la ville durant tout un automne, occupé leur juste place dans les magazines et elle ne voulait pas que ça change. À notre arrivée, elle leva sur nous un air satisfait. J'ai pensé que nous n'allions jamais nous en sortir, que les dés étaient jetés une bonne fois pour toutes — pas simplement à cause de ça, mais de façon générale, avoir le sentiment de l'impossible, avoir le sentiment qu'on ne redressera pas la barre, que des mâchoires se referment.

Il se pencha sur ses yeux tandis que l'idée me traversait que lui aussi faisait peut-être partie de la liste. Ils se connaissaient depuis bien avant qu'elle ne jette son premier regard sur moi et il rentrait ici comme dans un moulin, m'empruntait des CD ou venait plonger dans la piscine quand les soirées étaient trop chaudes. Un jour que dans son cabinet il me soignait pour une blessure au bras — une chute de plusieurs mètres —, il me déclara que j'étais cool, qu'il était content pour Sonia parce que j'étais cool et que ça ne courait pas les rues. Ce qui compensait le fait que l'on ne sache pas trop d'où je venais, ce qui renversait toutes les frontières en l'occurrence. Ce qui m'avait valu, à trente-deux ans, d'avoir épousé la plus belle fille de la ville avec la bénédiction de tous ses amis.

J'allai verser du gin dans mon Perrier car le soleil venait de disparaître derrière les arbres. Puis je les rejoignis et Boris m'annonça que tout était rentré dans l'ordre, qu'il n'y avait plus lieu de s'inquiéter.

Sonia le rassura aussitôt. Elle prétendit que je ne m'étais pas inquiété une seconde mais bien plutôt employé à lui démontrer qu'elle avait rêvé toute cette histoire. Je me contentai de sourire, montrant que j'étais désarmé par tant de mauvaise foi et jugeai par conséquent inutile de rétablir la vérité. Elle soupira.

Comme je raccompagnais Boris, il se mit à grimacer :

« Bon, écoute, me dit-il, je ne vais pas tergiverser avec toi. Je vais aller droit au but. »

Visiblement, il attendait une réaction de ma part. Je me préparai à ouvrir la porte si ça devait lui prendre une heure. Il se mordit les lèvres :

« Écoute, il faut que tu m'accordes un délai. »

Je le fixai un instant.

« J'ai besoin d'un peu de temps, lâcha-t-il.
— Pas trop, j'espère ? »

Après son départ, Sonia revint à la charge. Enfin, plus exactement, je la surpris en train de fouiller dans les poches de ma veste.

« Tu cherches quoi ? » lui demandai-je.

Sans se démonter, elle me répondit qu'un jour ou l'autre, on commet forcément une erreur et que j'avais tort de la prendre pour une idiote.

« Est-ce que je la connais ? poursuivit-elle. Tu fais ça pour te venger ? »

Je laissai mon regard vaguer un instant sur les rougeoiements du jardin, sur les reflets de la piscine, sur les vingt centimètres carrés d'océan coincés entre la haie et le feuillage des arbres qu'elle nous avait libérés à coups de sécateur avant qu'un cobra malfaisant lui saute à la figure.

« Est-ce que j'ai l'air d'un serpent venimeux ? Tu me vois de cette façon ? Mais qu'est-ce qui te prend, au juste ?

— Parce que je souffrais tellement et tu n'étais pas là. Tu étais où ? J'ai le droit de savoir où tu étais. Pendant que j'avais l'impresssion que ma tête allait éclater. Au fond, je me demande si je t'ai jamais connu. Je n'arrivais pas à penser à autre chose. À savoir qui tu étais vraiment.

— J'étais à mon travail. Comme tout le monde. Un point c'est tout. C'est une journée comme une autre. J'avais une réunion de représentants. »

J'allai nous servir des verres afin de nous épargner une soirée trop pénible, mais on ne pouvait jamais savoir avec Sonia, ses réactions étaient imprévisibles. Elles étaient si imprévisibles, d'ailleurs, que nous en étions là. Elle prétendait qu'elles étaient inexplicables et n'en était pas fière. Moi, je trouvais ça très ennuyeux.

« Je fais le maximum d'efforts, déclarai-je en lui tendant son verre. Ça peut prendre un certain temps. Ce n'est pas une science exacte.

— Mais la vie que tu me fais mener. Ton indifférence à mon égard. Ça va durer encore longtemps ?

— *La vie que je te fais mener* ? Est-ce que tu n'es pas libre de faire ce que tu veux ? Est-ce que je suis sans arrêt sur ton dos ? *La vie que je te fais mener* ? Est-ce que j'ai bouleversé une seule chose dans ta vie ? Est-ce que je t'empêche de voir qui tu veux ? Je crois rêver en entendant ça. La vie que je te fais mener. »

J'allai dehors, emportant mon verre avec moi. Des nuées de moineaux divaguaient dans la chaleur du crépuscule. Je n'aurais pas su dire ce que j'éprouvais encore pour

Sonia, ça restait assez confus dans l'ensemble. Même lorsque j'y réfléchissais. Ça rendait toute discussion impossible. Au point que j'avais dû prendre la décision de m'installer dans la chambre d'amis. Pour une question dont je n'avais pas la réponse. Pour nous éviter de tourner en rond.

J'appelai ma mère pour lui dire qu'elle pouvait passer prendre son argent et nous discutâmes un moment pendant que Sonia exécutait son kilomètre quotidien dans la piscine.

« Eh bien, *entre autres*, j'avais les mêmes problèmes avec ton père. Exactement les mêmes. Pour lui, ce genre d'histoire n'avait aucune espèce d'importance. Il me jurait que ses sentiments pour moi demeuraient toujours aussi forts. Mais remarque, c'était sans doute la vérité.

— Et les tiens ? Tes sentiments, à toi ?

— Bien sûr. Et alors ils ont l'air de tomber des nues. Ils sont incapables de comprendre. Ton père était persuadé que j'avais un amant. Il était incapable d'imaginer autre chose. »

Pendant ce temps, j'observais Sonia qui me faisait signe de la rejoindre, comme si le moment était venu de nous réconcilier — avec elle dans le rôle de la victime. Je terminai ma conversation avec ma mère qui ne manqua pas de me rappeler que Sonia et moi, pour avoir tenu trois ans, étions dans la moyenne. « Par les temps qui courent, plaisanta-t-elle, il fallait épouser une unijambiste. » Je ne pus m'empêcher de sourire.

En passant, j'allumai la télé. Puis je trouvai un sac de plastique et m'agenouillai devant mon dressing pour le remplir de billets. J'hésitai une seconde, au moment où je terminais ma besogne, puis j'ajoutai une liasse car elle avait parlé de changer de voiture, la sienne commençant à se déglinguer, et je l'y avais vivement encouragée — je n'aimais pas la savoir au volant, rentrant de je ne sais où en pleine nuit, sans airbags, sans ABS, sans freins hyper puissants, sans qu'elle soit protégée par des tonnes de tôle épaisse comme le doigt. On n'a qu'une mère dans la vie. Et donner de l'argent à ma mère me rendait plus léger.

Je déposai le sac, après lui avoir mis un élastique, sur le guéridon de l'entrée où se rechargeait un téléphone Bang & Olufsen qui ulula et s'illumina comme une fontaine.

« C'est Jon et Nicolas, lançai-je à Sonia qui s'ébrouait sur le gazon pendant que je plaquais l'appareil contre mon épaule. Ils veulent savoir si on se retrouve, ce soir. Qu'est-ce que je leur dis ? Ils y vont tous, à ce qu'il paraît. »

Elle s'arrêta de gesticuler pour me regarder :

« Tu as envie d'y aller ?

— Pourquoi pas ? »

Je reparlai à Jon. J'en profitai pour lui demander si elle pensait toujours à moi et elle me raconta que son dealer avait été retrouvé raide mort dans sa chambre, une horreur — d'où le contretemps engendré par la prise de nouveaux contacts. Je lui rappelai que je pouvais très bien m'en occuper si ça l'arrangeait, mais elle refusa mon offre, déclarant que lorsqu'elle s'engageait à fournir quelque chose, on pouvait compter sur elle. Qu'elle y mettait un point d'honneur.

« Mais si tu veux mon avis, poursuivit-elle, je pense que Sonia est bien trop flippée en ce moment. Si j'étais toi, je lui conseillerais d'attendre un peu. La défonce et les histoires de couple n'ont jamais fait bon ménage, tu sais. Crois-en quelqu'un de bien informé. Je leur dois les pires cauchemars de ma vie.

— Merci pour tes conseils, Jon.

— Dis donc, Sonia m'a dit que vous ne baisiez plus ?

— Ah bon ? Et qu'est-ce qu'elle a dit d'autre ?

— Écoute. Une relation ne se déroule jamais sans accroc. Personne n'a jamais entendu parler d'une relation sans faille. Écoute-moi. Ne prends pas un marteau pour écraser une mouche. Vis un peu dans ton époque. Regarde autour de toi. Sois un peu plus cool avec ça.

— Je vais réfléchir à ce que tu m'as dit, Jon. Je vais voir ce que je peux faire.

— Vois ce que tu peux faire. Je ne lui donne pas raison, bien sûr. Mais qu'est-ce qu'on y peut ? Il faudrait ne plus voir personne, à ce moment-là. Tu sais comment c'est. Pas besoin de le tailler dans le marbre.

— En tout cas, merci de tes conseils, Jon. Je suis impatient de reprendre cette conversation avec toi. »

Je jetai un œil sur Sonia qui hésitait à se rhabiller, à sortir cette carte de son jeu en comptant sur la pénombre, sur la langueur du soir, sur l'insidieux parfum des macérations végétales — son putain de compost —, sur la chaleur qui remontait du sol par vagues régulières, sur la pure obscénité de certaines marques de sous-vêtements qui vous auraient fait tuer père et mère — enceinte ou pas — et sur les quelques heures qu'il nous restait avant de sortir.

Son ventre était bien rond. Elle décida de reboutonner sa robe. Quelques jours plus tôt, elle avait encore tenté de forcer la porte de ma chambre, elle m'avait réveillé en se glissant à califourchon sur moi et je l'avais aussitôt reconduite par un bras dans la sienne en lui déclarant que ce n'était pas de cette manière que nous réglerions les choses. Tandis que de son côté, vautrée sur ses draps avec les jambes à l'équerre, luisante comme une huître, elle n'avait cessé de me répéter, sur un ton méprisant, que j'avais un problème. « Comme tout le monde, avais-je fini par lui répliquer. Comme tous les gens que je connais. Absolument comme tout le monde. Et toi la première. »

À l'écouter, elle prenait plus de plaisir à acheter une paire de chaussures ou à prendre le thé avec l'une de ses copines. Il était rare, d'après elle, de tomber sur un type intéressant et coucher avec un homme faisait partie de ce qui arrivait parfois mais que l'on pouvait oublier facilement pour peu que ce ne soit pas déjà fait à l'instant où l'on se rhabillait pour passer à autre chose.

Mais je ne l'écoutais jamais jusqu'au bout. Si elle me poursuivait, j'allais me promener ou m'enfermais dans ma chambre pour étudier les plans d'une prochaine affaire, ou alors j'allais m'entraîner à grimper dans la forêt, j'exécutais quelques escalades pour me maintenir en forme ou pour essayer un nouveau matériel. Ou alors j'entrais dans un bar et passais en revue la liste de mes aventures sentimentales qui avaient toutes foiré les unes après les autres parce que je ne trouvais jamais ce que je cherchais. Et j'avais épousé Sonia en le sachant par avance, en espérant que malgré tout, je finirais par trouver la paix.

Ma mère passa prendre son argent, ce qui rendit Sonia muette comme une carpe. Ma mère et moi observâmes ses tribulations à travers la pièce, ouvrant le frigo et n'y prenant rien, s'arrêtant une seconde devant la télé avec un regard farouche, grimpant sur un tabouret en se mordillant l'ongle du pouce, puis feuilletant un agenda avant de disparaître en coup de vent, avec un air de zombie, le ventre en avant, en direction des chambres.

Ma mère rangea l'argent dans son sac et hocha longuement la tête :

« Et vous vivez ça tous les jours ? soupira-t-elle. Je n'aimerais pas être à ta place. Et son serpent, vous l'avez trouvé ? Elle était dans un tel état que je ne comprenais pas la moitié de ce qu'elle me disait. Elle était complètement paniquée. Enfin, c'est comme ça, mais je n'aimerais pas être à ta place.

— Ça va. J'en connais qui ont vécu pire. Et on n'en est pas mort.

— Mais on a le droit d'espérer mieux. Ce n'est pas un crime d'espérer mieux. Au moins, ton père et moi, nous avons connu l'amour. La différence est là. On ne partait pas avec le même handicap que vous deux. Au moins, on partait sur des bonnes bases. »

Je lui souris et me laissai aller contre le dossier de mon fauteuil, les mains croisées dans la nuque. En la considérant, je me disais qu'un homme pouvait encore très bien faire irruption dans sa vie. Elle avait cinquante-deux ans et l'alcool ne lui allait pas au teint mais je recevais les notes de son institut de beauté et lorsque l'on met le prix pour les crèmes anti-âge et les soins du corps personnalisés à raison de trois séances par semaine, on obtient d'assez bons résultats.

« Et où est-ce que tu vas ? lui demandai-je.

— Je ne sais pas. Je dois retrouver Olga, et nous allons y réfléchir. Nous trouverons bien quelque chose. En tout cas, j'espère que Sonia ne me reproche rien. J'espère que ma présence ne la dérange pas. Elle doit penser que je suis dans ton camp. »

Elle alluma une cigarette. Je me levai pour lui apporter un cendrier mais elle se leva à son tour, déclarant qu'elle ne restait pas.

« Tu es pressée à ce point-là ? Comment s'appelle-t-il en ce moment ? »

Je restai au milieu de la pièce et j'entendis la porte claquer, puis sa voiture démarrer, puis à nouveau le silence. Jusqu'à ce que Sonia réapparût.

« Ça porte un nom, me dit-elle.

« — Oui, mais tout porte un nom, lui répondis-je. De quoi veux-tu parler ? »

Elle me présenta son dos afin que je ferme sa robe :

« Baiser avec sa mère, ça porte un nom.

— Comment as-tu deviné ? » ricanai-je en actionnant sa fermeture éclair.

Elle n'était pas la première à entonner ce refrain. Quand une relation se détériorait, la nature de mes rapports avec ma mère revenait toujours sur le tapis. Ce n'était plus une surprise. C'était par là qu'elles s'étaient toutes engouffrées, tôt ou tard, d'une manière ou d'une autre. On ne pouvait pas y faire grand-chose.

Je lui proposai d'aller manger quelque part avant de retrouver les autres, mais elle prétendit qu'elle ne pourrait rien avaler.

« À cause de moi ou à cause de ta ligne ?

— Je vais te dire ce que je crois. Je crois que tu te trompes de personne. Je crois que tu me fais payer pour une autre.

— Tu peux penser ce que tu veux. Tu as le droit d'arranger les choses à ta manière. Tu peux même trouver le moyen de venir te plaindre en te creusant un peu la tête. Hein, au fond, qu'est-ce que tu risques ? Tu veux que je te présente mes excuses ? Tu veux que je ferme les yeux quand ça t'arrange ? Dis-le-moi. Dis-moi ce qui te ferait plaisir. Que je fasse quoi ? Que je vienne t'essuyer entre les jambes quand tu reprends tes esprits ? Dis-moi ce que je suis censé faire. Tu veux ma bénédiction, c'est ça ? »

Elle me dévisageait avec toute la force dont elle était capable lorsque le sol se mit à trembler sous nos pieds. Durant quelques secondes et de manière assez violente. Des cadres sont tombés du mur, des choses se sont renversées, des lampes ont grésillé tandis qu'un effroyable grondement montait du sol. C'était la troisième fois depuis le début de l'année — nous n'étions même pas encore remboursés d'une baie qui avait volé en éclats à la Toussaint et ça recommençait.

On aurait dit que des chats hystériques s'étaient poursuivis dans l'appartement.

Sonia se laissa choir dans un fauteuil pendant que je reprenais mon souffle. Dehors, des alarmes s'étaient mises en route, des chiens aboyaient dans le lointain.

« J'en étais sûre, soupira-t-elle. J'étais sûre qu'il allait se passer quelque chose. J'ai bien senti que cette journée était maléfique. Et toi qui ne répondais pas au téléphone.

— Pense aux villages entiers qui sont engloutis, lui répondis-je en redressant le mobilier. Pense aux marées noires, pense aux ouragans. Pense aux inondations. Pense aux guerres qui se préparent. Ou alors, tous les jours sont maléfiques. C'est une petite secousse de rien du tout.

— Mais est-ce que tu as compris ?

— Compris quoi ?

— Que nous pouvons mourir d'une seconde à l'autre. »

Au moins, son humeur vindicative s'était envolée. Et les alarmes s'éteignaient une à une, les chiens cessaient d'aboyer et je remettais les cadres d'aplomb.

« Te rends-tu compte, insista-t-elle, que nos derniers instants auraient pu être lamentables ? Que nous aurions pu quitter cette vie en nous déchirant ? Ça ne te fait pas réfléchir ?

— Non. Pas spécialement. Dis donc, tu ne trouves pas que ça sent le gaz ? »

J'allai me pencher au-dessus de la cuisinière — jeunes mariés, nous l'avions choisie avec soin, mais c'était comme avoir une

Rolls pour faire cent mètres car nous prenions presque tous nos repas dehors — et cherchais une éventuelle fuite quand Sonia se colla dans mon dos et referma ses bras autour de ma poitrine.

« Vraiment, ça ne te fait pas réfléchir ? » murmura-t-elle en s'accrochant à moi comme à un matelas pneumatique perdu dans la tourmente.

Acculé, j'empoignai la barre de cuivre de notre cuisinière, je baissai la tête en fermant les yeux. Comme si je ne savais pas que nous ne l'avions pas fait depuis un bon moment. Comme si je ne pensais pas à ce tremblement de terre et aux arguments de Sonia qui se défendaient d'une certaine manière. Ne devait-on pas considérer chaque instant de la vie avec une suprême attention, en faire la cigarette du condamné dont on dit tant de bien, dont on dit qu'elle est la reine et que rien ne la surpasse ? Ne devait-on pas s'élever dans le ciel plutôt que de ramper sur nos décombres, ne devait-on pas prendre la mesure de tout ce qui nous entourait ? Je me sentais parcouru de frissons pendant qu'elle caressait doucement mes abdominaux.

« Sonia, écoute… » lui déclarai-je sur un ton d'agonisant — tel un poison, le désir se répandait dans mes veines, pétrifiait les muscles de mes mâchoires, mes jambes devenaient subitement molles.

La dernière fois que nous avions baisé ensemble, elle avait passé le restant de la nuit à m'expliquer que nous allions forcément surmonter cette épreuve car mon corps lui avait parlé, mon corps lui avait dit des choses et l'avait convaincue que nous allions nous remettre sur les rails et oublier toute cette pénible histoire. Dans ces conditions, je préférais que nous ne baisions plus. Que mon corps n'aille pas lui raconter n'importe quoi alors que je voyais l'avenir sous un jour sombre.

Elle me fit exécuter un demi-tour sur moi-même et m'enlaça de nouveau, posant sa tête contre ma poitrine.

« Tais-toi, ne parle pas, m'enjoignit-elle.

— Je ne dis rien », lui répondis-je.

Nous forniquions debout depuis trois minutes à peine quand ma mère fit son apparition.

Elle s'avança en titubant au milieu de la pièce. Nous sursautâmes avant de nous figer. Sonia jura entre ses dents et nous nous séparâmes en un éclair, nous rajustant tant bien que mal l'un et l'autre — Sonia se glissant derrière le bar pour remonter son slip tant bien que mal tandis que ma mère nous cherchait des yeux.

Je m'aperçus alors qu'elle avait la tête en sang.

Un accident de voiture, nous expliqua-t-elle. « Je roulais tranquillement quand une grue s'est effondrée en travers de la route. » Je la conduisis vers un fauteuil.

Elle avait une large entaille au front et le sang lui coulait sur le visage. Je voulus la conduire à l'hôpital mais elle refusa catégoriquement car elle ne tenait pas à être défigurée par un quelconque interne de service.

« Elle a raison, me confirma Sonia d'un ton lugubre. J'appelle Boris. »

Avec un faible sourire, ma mère pressait une serviette-éponge contre sa blessure et j'en tenais une autre en réserve. « Il y a eu beaucoup d'accrochages en ville, soupira-t-elle. Les urgences, merci bien. Très peu pour moi. » Je me demandais si elle avait vu quelque chose, si elle avait vu ce que nous étions en train de faire, Sonia et moi. Une situation qui aurait été gênante pour tout le monde mais à laquelle, apparemment, nous avions échappé.

« Ça va ? » demandai-je en lui tenant la main.

Elle s'inquiéta du dérangement qu'elle nous occasionnait, mais je la rassurai. Sonia marchait de long en large dans le jardin, le téléphone collé à l'oreille.

Ma mère leva le nez : « Tu ne trouves pas que ça sent le gaz ? »

J'allai de nouveau inspecter la cuisinière. Voyant ma mère en sang, je ne pus m'empêcher de penser à la vie que je menais, au moule dans lequel j'étais tombé, et tout ça me parut absurde une fois de plus. Ce que nous vivions, Sonia et moi, était absurde. « Je vois rien d'anormal », lançai-je en me tenant à la cuisinière comme si j'avais peur d'être emporté.

« Ça vient du dehors, j'ai l'impression », déclara Sonia. Elle ajouta que Boris était en route et me fit signe de la rejoindre, me proposant d'admirer le reflet de la lune sur l'océan si je me baissais un peu.

« Et ensuite, elle part d'ici, n'est-ce pas ?
me souffla-t-elle à l'oreille.

— Bien sûr. Enfin, je pense que oui.

— Sinon c'est moi qui la ferai partir. »

Je me redressai en l'ignorant. Je humai
l'air et pensai qu'une conduite de gaz avait
dû sauter quelque part dans les environs —
la dernière fois, nous avions été privés d'eau
durant trois jours.

« Sonia a raison, annonçai-je à ma mère.
La fuite ne vient pas d'ici. » Je tournai une
minute autour d'elle, grimaçant dans son
dos, m'assurant qu'elle n'avait besoin de
rien et bénissant Sonia pour le sublime
effort qu'elle venait d'accomplir en prenant
place à côté d'elle et en la réconfortant. Puis
j'allai voir si Boris arrivait.

La rue était calme. La voiture de ma mère
était garée en face, devant chez les Dorcet
— un jeune couple qui travaillait dans la
mode et ne rentrait qu'au petit matin ou
frappait chez nous s'il y avait de la lumière.
Ils sortaient au moment où je traversai la
rue, bien décidés à passer une nuit blanche.

La voiture de ma mère fumait encore un
peu. La calandre avant s'était volatilisée et le

capot était tordu, enfoncé sur une vingtaine de centimètres.

« Elle n'a rien, j'espère ? » fit Dora en m'embrassant, en se collant contre moi, en me serrant le bras comme s'il s'agissait d'un message subliminal.

Je la rassurai pendant que David plaisantait à propos de notre petit séisme et de cette odeur de gaz qui empestait la rue.

« Est-ce que tu sais si Jon se remue un peu les fesses ? me demanda-t-il. Parce que ça commence à craindre. Déjà que je ne peux même plus ouvrir un journal. »

Je les regardai partir. David était sorti avec Sonia à un moment donné, à l'époque où ils étaient du genre destroy et dormaient les uns chez les autres, avant que l'argent ne les intéresse, et lorsqu'il s'était rendu compte que le torchon brûlait entre elle et moi, il m'avait proposé que nous fassions un échange. « Tu y réfléchis. Je suis à ta disposition. » C'était une fraîche nuit d'avril et sur scène, un type déclamait des poèmes auxquels personne ne comprenait rien.

Une minute plus tard, Boris examinait le front de ma mère en la félicitant. Odile, sa femme, nous laissait le choix : soit nous retrouvions les autres, soit nous passions la soirée tranquillement ici.

« Je ne sais pas, répondis-je. Sonia, qu'en penses-tu ? »

Sonia semblait prise au dépourvu. Elle bredouilla quelques mots inintelligibles tandis qu'Odile demandait ce qu'il y avait à boire.

« Surtout, ne changez rien à vos projets », intervint ma mère en se redressant sur un coude.

J'allai m'asseoir à côté d'elle pendant que Boris désinfectait la plaie, semblable à un troisième œil, et s'interrogeait sur l'utilité de pratiquer une anesthésie locale. Il ajouta à mon intention que ses actions venaient encore de plonger de huit points à la clôture mais qu'il préférait parler d'autre chose, tant il se sentait dégoûté.

Odile paraissait en pleine forme — chez elle, c'était ça ou la dépression. Radieuse, elle nous apporta des verres. Boris me glissa à l'oreille qu'elle venait d'obtenir un rôle dans une série qui démarrait à la rentrée mais que l'information demeurait top secrète tant qu'elle n'avait pas signé — d'autant qu'elle refusait de coucher avec ces types, avec ces enculés, précisa-t-il, quitte à mettre en danger sa carrière.

« Soyez sans crainte, fit-elle à ma mère dont j'étais en train d'éponger la blessure sanguinolente. N'ayez aucune crainte, avec Boris. Il est tellement adroit, ce petit chéri. »

Elle leva son verre en riant tandis que ma mère vidait le sien d'un trait. « Le petit chéri t'emmerde », rétorqua Boris en sortant des ustensiles de sa mallette.

Ensuite, il planta une aiguille dans le front de ma mère qui poussa un gémissement et broya mes mains dans les siennes. Dehors, la nuit était d'une beauté parfaite. Le clair de lune était parfait. Il fallait se pincer pour admettre que la terre avait tremblé un peu plus tôt, que tant de perfection pouvait cacher dans son sein son contraire, basculer dans le chaos total. Il faisait encore chaud, mais de manière agréable. Je regardais Odile qui prenait Sonia par la taille et réussissait à lui arracher un sourire qui me sembla illuminer le jardin dans la mesure où je ne me voyais pas virer ma mère dans l'état où elle se trouvait, simplement parce que ma femme et moi avions du retard dans nos relations sexuelles.

Lorsque l'intervention chirurgicale fut terminée, ma mère s'enferma dans une salle de bains et Boris dans l'autre.

« Ça y est ? Vous avez fini ? me demanda Sonia du fond de sa chaise longue.

—Viens donc t'asseoir avec nous », ajouta Odile.

Je leur expliquai que j'attendais mon tour afin d'effectuer un brin de toilette et commençai par ôter ma chemise tachée de sang.

— Écoute, c'est une question d'hospitalité, déclarai-je à Sonia. C'est une simple question d'*hospitalité*. D'accord ?

— Est-ce que j'ai dit quelque chose ? »

Malgré trois années de mariage, je ne la connaissais pas encore très bien. Je ne savais pas avec certitude si les choses allaient bien ou mal se passer. Autour de moi, personne ne le savait au juste à propos de ces femmes qui rôdaient autour de la trentaine, personne ne savait comment elles pouvaient réagir dans une situation donnée. On aurait dit qu'elles n'étaient pas tout à fait formées et se laissaient souvent guider par leur instinct, sans se préoccuper des conséquences, si bien qu'aucune prévision n'était possible.

Je la fixai un instant, les mains encore toutes poisseuses du sang de ma mère.

« Sois un peu sympa, lui recommandai-je. Elle a eu six points de suture.

—Tant que ça ? » répondit-elle.

Odile m'envoya une olive que je réceptionnai directement dans la bouche.

« Et l'hospitalité, repris-je avant de me lever en voyant Boris apparaître, l'hospitalité, c'est ce qui nous différencie des bêtes sauvages. Et tout ce qu'elle demande, Sonia, c'est notre hospitalité. »

Dix minutes plus tard, après une douche froide qui m'avait persuadé que Sonia n'avait pas un cœur de pierre et n'allait rien tenter qui pourrait m'être désagréable quand elle était si près du but — bien qu'interrompus, nous n'en avions pas moins franchi un grand pas sur lequel je ne pouvais revenir sans jouer les rabat-joie —, je retrouvai les autres, installés dans le jardin.

« Ta mère nous a quittés, m'annonça Sonia sur un ton léger. Elle est rentrée chez elle.

— Comment ça, *rentrée chez elle* ? »

Boris et Odile regardaient ailleurs. Sonia affichait un air parfaitement détendu.

« Hein, comment ça, *rentrée chez elle* ? Qu'est-ce que tu racontes ?

— En tout cas, c'est ce qu'elle a dit. Je n'en sais pas davantage. »

Je la fixai un instant, puis j'empoignai un téléphone et m'éloignai.

« Tu n'es pas en état de conduire. Ton radiateur est bousillé.

— Tout va bien. Ne t'inquiète pas.

— Non, tout ne va pas bien, justement. Elle t'a virée ? Dis-moi la vérité. Elle t'a virée ?

— Écoute, c'est sans importance. Vraiment, je t'assure.

— Ça en a pour moi. Je regrette. »

Je voyais les autres qui plaisantaient, de l'autre côté de la piscine dont l'eau bleue miroitait tranquillement entre nous. Ils avaient mis de la musique, ils buvaient, ils se racontaient leurs histoires comme si de rien n'était. Parfois, Sonia me jetait un coup d'œil, mais elle gardait un air détaché.

« Je veux que tu t'arrêtes. Arrête-toi. Et maintenant, dis-moi ce qu'il s'est passé. Elle t'a dit quoi au juste ? Est-ce que tu peux conduire ?

— Elle n'a rien dit de spécial. Ne t'en fais pas pour moi.

— Elle t'a virée, n'est-ce pas ?

— Elle ne m'a pas attrapée par un bras pour me flanquer dehors. Si c'est ce que tu veux savoir.

— Attends une minute. Quand tu es chez moi, tu es chez toi. Tu le sais très bien. Tu n'as pas besoin d'une permission. Tu es chez toi, ici. Comment as-tu pu te laisser faire de cette manière ? Non, mais c'est dingue. Tu as perdu la raison, ou quoi ?

— Je sais tout ça. Je le sais très bien. Alors ça n'a aucune importance. Ça ne vaut même pas la peine d'en parler.

— Pourquoi ne ferais-tu pas demi-tour ? Qu'est-ce que tu en dis ? Je viens te chercher, si tu veux.

— Non, je suis presque arrivée. Olga va venir me rejoindre. On va passer une soirée entre vieilles filles pour changer. Mais je suis contente que tu m'aies appelée.

— Tu savais bien que j'allais t'appeler.

— Écoute. Tu sais que je serai toujours là. Alors ne te dispute pas avec elle. Oublie cette histoire. Moi, je l'ai oubliée. De quoi

120

pourrait-on avoir peur, toi et moi ? Hein ?
De quoi pourrait-on s'inquiéter ?

— D'accord. Mais je voudrais quand
même te présenter nos excuses. Je voudrais
que tu saches que j'en éprouve de la honte.
Je te le dis très sincèrement. Je te prie
d'accepter nos excuses. »

Ensuite, je rempochai mon téléphone et
restai immobile. Sonia m'observait, attendant ma réaction. Je lui tournai le dos et
m'avançai vers le fond du jardin pour profiter de notre nouvelle vue sur l'océan, à travers cette fenêtre qu'elle avait pratiquée
dans la haie à ses moments perdus. Est-ce
que tout était si simple ? Est-ce qu'il suffisait
de tailler et d'arracher pour entrevoir la
lumière ? Au loin, des chalutiers disposaient
des barrages flottants pour empêcher les
nappes d'hydrocarbure d'atteindre la côte,
mais cela pouvait-il changer quelque chose ?
Comment Sonia pouvait-elle s'imaginer
qu'en employant des moyens aussi stupides
— et s'en prendre à ma mère était une réaction si dérisoire —, j'allais me traîner à ses
pieds en implorant sa grâce ?

Quand je retournai auprès d'elle, je lui
annonçai que ma mère était bien rentrée et

qu'elle était navrée de nous avoir importunés. Sonia n'était pas du genre à se laisser désarçonner facilement — elle aurait pu soutenir qu'elle était vierge sans ciller ou jurer, la main dans le sac, qu'elle était innocente — mais j'eus quand même la satisfaction de remarquer qu'elle ne s'attendait pas à ça, ni surtout à me voir souriant alors qu'elle s'était préparée à une scène.

« Alors, qu'est-ce qu'on fait ? » lançai-je à la cantonade.

Combien pouvais-je placer de personnes entre elle et moi ? À combien de kilomètres avait-elle envoyé promener sa chance de se retrouver seule avec moi et d'obtenir ainsi ce qu'elle voulait ?

Je proposai d'appeler Jon pour savoir ce qu'ils fabriquaient, et je l'appelai aussitôt pour leur dire de rappliquer en vitesse.

« Tu aurais pu me demander ce que j'en pensais, ronchonna Sonia pendant que les deux autres basculaient dans la piscine.

— Je peux la rappeler et lui expliquer que tu ne te sens pas en forme.

— Non, ça m'est égal.

— De toute façon, on n'allait pas les virer, fis-je en indiquant les deux autres. Tu avais l'intention de les virer ? Non, je ne crois pas.

— Mais je n'avais pas l'intention de veiller jusqu'à l'aube.

— Ce n'est pas grave. Tu n'auras qu'à aller te coucher. Tu n'es pas obligée de rester. »

Ensuite, je m'attaquai à sa meilleure amie. Je m'approchai du bord où elle venait d'accoster pendant que Boris faisait la planche au milieu du bassin et je m'accroupis en lui tendant un verre.

« Boris m'a mis au courant, lui confiai-je en la regardant droit dans les yeux. Alors, à ta santé, ma belle. »

Son visage s'éclaira, comme sous l'effet d'une heureuse surprise.

« Est-ce que je rêve ? » finit-elle par articuler.

Au début, lorsque Sonia nous avait présentés, elle avait aussitôt déclaré que j'étais tout à fait son type et que Sonia avait intérêt à me tenir hors de sa portée. Trois ans plus tard, elle se lamentait ouvertement de mon peu d'empressement à la violer, déclarant même qu'elle n'y croyait plus du tout et que le monde était trop mal fait. Trois ans plus tard, plus personne n'aurait misé un seul jeton sur une évolution de nos rapports. Et Odile, bien qu'elle s'octroyât toujours le droit de se pendre à mon cou pour un oui ou pour un non, encore moins que les autres.

Je me félicitai que ses sens ne fussent pas endormis, vitrifiés par mon inertie à son égard. Un simple échange visuel avait suffi. Je lui souris en me redressant, saisi d'une certaine admiration pour sa faculté à déceler la plus infime variation d'électricité dans l'air, ce dont peu d'hommes étaient capables — et je ne me comptais pas parmi eux.

Je sentis son regard planté dans mon dos tandis que je retournais me servir un verre.

« Je crois que tu ne vas pas le regretter, déclarai-je à Sonia en posant une main sur sa cuisse. Rien ne vaut ces trucs improvisés. Et qui sait, peut-être que Jon va nous ramener quelque chose ? »

Elle ne semblait pas convaincue :

« À quoi joues-tu, au juste ?

— À rien de particulier. Je termine ce que tu as commencé.

— Ça veut dire quoi ? »

Je haussai vaguement les épaules :

« Je crois que je vais baiser Odile. Si l'occasion se présente. »

Elle retira ma main de sa cuisse.

« Très bonne idée. Et quoi d'autre ? »

Je me penchai pour l'embrasser au coin des lèvres, puis je me levai et descendis au sous-sol pour vérifier que nous avions assez d'alcool en réserve et dégager mon vieux canapé — *je ne veux pas de cette horreur dans mon salon* — des cartons qui l'encombraient pour le cas où — des cartons contenant des trucs de mes vies antérieures, de nos errances, ma mère et moi, à travers le pays, dont Sonia ne voulait même pas entendre parler. Par la même occasion, comme persistait cette inexplicable odeur de gaz, j'ouvris les fenêtres qui donnaient au ras du sol et la rue était calme, bordée par les halos de l'éclairage public qui dansait dans les grands arbres, et aussi, pleine de mystère.

Je remontai avec une pile de serviettes. J'en lançai une à Boris et en dépliai une autre que je plaçai sur les épaules d'Odile, mais sans rien exagérer.

On entendait The Cure : *The Hanging Garden* et Sonia suivait la musique en fermant les yeux. Je ne ressentais aucune pitié pour elle. Je n'arrivais même pas à comprendre qu'elle allait être la mère de notre enfant. Pas plus qu'elle ne le comprenait, j'imaginais. Être enceinte ne l'avait pas arrêtée. Et si être enceinte n'arrêtait pas une femme, qu'est-ce qui l'arrêterait jamais ?

De son côté, Odile m'adressait des regards qui demandaient confirmation ou devenaient carrément vitreux, le temps d'un éclair. Elle avait envoyé Boris chercher une boucle d'oreille qu'elle avait perdue dans l'herbe et gardait une main plaquée contre sa gorge. Combien de femmes se tenaient la gorge, à cet instant précis ? Combien d'hommes allaient changer de partenaire ? Combien de plaisirs allaient être assouvis en se foutant pas mal des conséquences ? Y avait-il une terre plus ferme ? Y avait-il quelque chose qui en valait la peine ? Je n'aurais pas su le dire. Je n'aurais foutrement pas su le dire. Mais comme le répétait ma mère : « Tu ne connais pas l'amour. Tu ne peux parler de rien tant que tu n'as pas connu l'amour. C'est comme si tu n'étais pas encore né. Au fond, vous n'y connaissez rien. Vous êtes pires que des enfants. »

Sonia annonça en soupirant qu'elle allait se changer puisque nous ne sortions pas et puisque j'avais décidé, *avec beaucoup d'égards pour elle,* de rameuter tout le monde à la maison. Je ne lui répondis pas.

Dès qu'elle eut tourné les talons, Odile se pencha vers moi :

« Est-ce que tu as trop bu ?

— Non, je ne crois pas.

— Est-ce que c'est pour changer d'avis dans une minute ? »

Elle me dévisagea puis se redressa avec un sourire.

« Bien. Parfait », conclut-elle.

Elle tourna la tête vers Boris qui inspectait la pelouse de long en large sans trop se fatiguer, son portable collé à l'oreille.

« Je vais le quitter, si ça continue », fit-elle en bâillant.

Puis elle me demanda : « Y a pas un coin où l'on pourrait s'embrasser ? »

Sur ce, les autres arrivèrent.

L'aube approchait lorsque je jugeai que le moment était venu. Certains flottaient encore dans la piscine, les autres discutaient ou allaient se confectionner des sandwiches à la cuisine ou contemplaient le ciel du fond d'un transat avec une bouteille à la main ou tapaient sur leur ordinateur. Jon nous avait ramené de quoi fumer et un léger brouillard régnait à présent.

Marc, un écrivain qui se trouvait là, venait de nous faire la lecture du dernier chapitre de son livre et c'était comme si nous avions pris un coup de massue sur le crâne — il faut parfois s'accrocher avec l'avant-garde, à moins d'avoir ça dans le sang ou de tomber sur un génie. Je le félicitai et me levai pour aller chercher des bières.

Jusque-là, Odile et moi n'avions échangé que quelques caresses furtives, chaudes mais furtives, entre deux portes ou dans le fond du jardin, à la faveur de l'ombre. Cette fois, je la coinçai dans la cuisine, mais dès que je la pénétrai, avec une facilité qui nous confondit et nous enthousiasma l'un et l'autre, Jon arriva et commença à fouiller dans les tiroirs à la recherche d'aspirine.

Le souffle court, je glissai quelques mots à l'oreille d'Odile afin de l'inviter à s'armer de patience — elle se contenta de jurer entre ses dents —, puis je trouvai de l'aspirine pour Jon qui avait enlevé ses chaussures et piétinait des morceaux de verre sans y prêter beaucoup d'attention.

J'allai m'accroupir auprès de Sonia avec mes bières fraîches et une sensation de vide que le spectacle des autres ne m'aida pas à combler. Je la regardais tandis qu'elle discutait avec Corinne et Sandra — deux végétariennes qui se piquaient à l'héroïne et tenaient une petite maison d'édition dans le vent dont j'étais l'un des sponsors avec mes prêts à 0 % d'intérêts et mon extrême souplesse quant à la ponctualité des remboursements —, je l'observais tandis qu'elles décapsulaient leurs canettes et je me demandais si je n'y allais pas un peu fort. Mais je n'arrivais pas à savoir. Je n'arrivais pas à trouver les bonnes raisons. La vie me semblait parfois sans solutions, sans niveau à grimper, sans illumination, et j'avais l'impression que tout se valait, que nous étions pulvérisés dans l'espace et que se battre ne servait pas à grand-chose.

J'avais du mal à lutter contre ça, nous avions tous du mal. Quand j'étais seul sur un toit et que je me préparais à descendre le long de la façade, je me sentais envahi par une force dont j'aurais bien aimé qu'elle ne me quittât jamais, mais c'était me bercer d'illusions. J'en gardais juste suffisamment, par je ne sais quel miracle, comme accroché au mât au cours d'une tempête, pour me lever le matin plutôt que ramper de nouveau sous les couvertures.

« C'est ce que j'aime chez toi, me disait Sonia quand nous partagions encore le même lit. Ce que j'aime, c'est ton côté lumineux. » Mon côté lumineux qui ne brillait pas beaucoup dans la situation présente, laquelle empruntait davantage à mon côté sombre. J'embrassai sa cuisse et elle posa une main sur ma tête. Mais au fond, je n'éprouvais rien. Je l'avais pourtant épousée. Personne ne m'avait forcé. Presque tous les types qui étaient là avaient épousé des femmes. Et qu'est-ce qu'il en restait ? C'était sidérant.

« À mon avis, Jon s'est mal comportée vis-à-vis de Nicolas, déclara Corinne en versant du coca dans sa bière. Elle a carrément *ignoré* sa maladie. »

Sans réellement chercher à savoir de quoi elles parlaient, je hochais la tête en me disant que le sous-sol restait l'endroit le plus approprié pour conclure avec Odile qui venait d'apparaître sur le seuil en riant avec Jon.

« Je suis étonné qu'elle soit ta meilleure amie, fis-je à Sonia.

— Oh, je t'en prie. Arrête avec ça. »

S'il fallait chercher quelquefois ce qui nous motive réellement, s'il fallait chaque fois soulever une pierre l'une après l'autre, la vie serait terrifiante. Et rien ne serait résolu pour autant. À présent, on entendait le *Köln Concert* de Keith Jarrett, au moment où il grognait des Oh et des Ah et que les notes s'égrenaient dans l'aube frémissante.

Je me levai et traînai au bord de la piscine avant de rejoindre Odile. Marc sortait avec une blonde qui ne se sentait pas très bien et que nous tirâmes de l'eau avant qu'elle ne tourne de l'œil. Nous la déposâmes dans l'herbe.

« J'ai écrit ce livre en trois jours, me confia-t-il, mais j'y ai laissé une demi-douzaine de kilos. Viens à mes séances de lecture. Ça vaut le coup.

— Écrire un vrai roman, ça ne te tente pas ?

— Tu veux dire avec un début et une fin ? Tu veux dire avec des personnages ? Avec de l'action ? »

Il secoua la tête en grimaçant et tandis que nous nous penchions sur la jeune femme qui se plaignait d'avoir une barre à l'estomac et des sueurs froides, il m'expliqua que le genre de roman dont je parlais était mort depuis un siècle, que l'autofiction avait fait son temps et que l'avenir appartenait à une déconstruction tous azimuts, quitte à paraître obscur aux ennemis de la modernité.

« Nous avons tellement de retard sur la musique, soupira-t-il. Et sur les plasticiens. Et sur le cinéma expérimental. Sur les scientifiques, sur la technologie. Si nous ne faisons rien, la littérature va devenir un truc de vieux. Enfin, elle l'est déjà, si tu veux mon avis. »

Entre-temps, son amie blonde avait émis un vœu et nous l'accompagnions aux toilettes, chacun d'un côté, elle nous tenant par le cou, elle et sa tête basculant de droite à gauche, elle et sa bouche pleine de vagues remerciements et d'incompréhension à propos de ce qui lui arrivait subitement.

Nous l'attendîmes derrière la porte en discutant de choses et d'autres avec un verre à la main.

« Ce n'est pas moi qui vais te dire à quoi rime tout ça, fit-il en ratissant large. On ne doit pas s'attendre à mener des vies simples.

— On a parfois l'impression de ne pas être en condition pour affronter les choses. Je suis en train de me demander ce que je fais.

— On se le demande chaque putain de minute. Qu'est-ce qu'on y gagne ? On s'interroge à chaque putain de moment.

— Et ce qu'il y a de caché et d'obscur, ajoutai-je en m'appuyant au chambranle. Et cette sensation que rien ne nous retient. Qu'on peut commettre le meilleur ou le pire. Que rien ne peut se placer en travers de la route.

— Exactement. Tout à fait exact.

— Et tout dépend de savoir si on a trouvé l'amour, Marc. Tout dépend de savoir si on y croit.

— Pardon ? Avoir trouvé quoi ? »

On entendit un bruit de chasse d'eau.

« Appelle ça comme tu voudras », lui conseillai-je.

En le quittant, je remarquai que la pièce était déserte. Ils n'avaient plus faim, ils s'étaient calmés, ils avaient bu et fumé et Dieu sait quoi encore, discuté sur le chaos qui pendait au nez de la vieille Europe, sur la pertinence de cracher au nez des Américains et ils avaient planté leurs camps dans la tiédeur du jardin ou dérivaient sur des matelas pneumatiques translucides, raides comme des cadavres — Jon avait sauté dans une bouée et elle regardait ses pieds qui flottaient devant elle.

J'allai en parler à Odile qui acquiesça en entamant un esquimau.

« Mais attention, me glissa-t-elle mine de rien. Attention. Je crois que Sonia nous regarde. »

Je vérifiai discrètement l'information. Comme d'habitude, Sonia avait une cour autour d'elle et en général, elle était tellement occupée à faire son numéro que j'aurais pu mettre le feu à toute la maison sans qu'elle s'en aperçoive. Mais Odile avait raison. Sonia nous observait bel et bien. Il semblait que sa tête dépassait de celle des autres, qu'elle avait crevé la bulle dans laquelle ils étaient enfermés pour inspecter les alentours, que même l'éclairage sur elle était différent et lui donnait un air plus pâle.

Je n'avais pas besoin de me dire ce que je cherchais. La situation se mettait d'elle-même en place. D'implacables rouages entrechoquaient leurs dents, répercutaient leur force d'un mécanisme à l'autre et nous broyaient au passage.

« Très bien. Finis ton esquimau, lui dis-je. Et ensuite, allons-y. »

J'éteignis quelques chandelles en attendant car l'aube était en train de se lever et commençait à délaver le ciel au-dessus de nos têtes, argentait les chardons bleus que Sonia gardait en pots pour agrémenter la terrasse de manière originale.

La blonde venait de s'y piquer lorsque je la croisai pour passer à l'intérieur et Marc lui suçait le doigt en me clignant de l'œil. À présent, la place était libre. Je baissai les éclairages. Mon cœur battait, mais ce n'était pas en prévision de ce que j'allais faire avec Odile.

Mon cœur battait à l'idée que Sonia m'avait peut-être suivi des yeux, chose que je n'avais pas le courage de vérifier mais que j'espérais de toutes mes forces. De toutes mes sombres et inavouables forces, pour être franc.

Odile se passa les mains sous l'eau et je la pris par-derrière, dans la pénombre. Puis par-devant, au bout de quelques minutes, car elle tenait à voir mon visage.

« C'est une chose à laquelle je tiens, murmura-t-elle. Quoi que tu puisses en penser. Et pas simplement parce que c'est toi. C'est une habitude que j'ai prise. »

Je l'approuvai en la besognant, doublement excité à la pensée qu'on pouvait nous surprendre. Ce qui n'a pas manqué.

Mais cette fois, néanmoins, Odile et moi allâmes jusqu'au bout. Et c'est au moment où je me retirais d'elle que je découvris Sonia, plantée comme une statue sur le seuil avec un air de fantôme sorti des brumes, le regard braqué sur nous.

Odile, occupée à reloger sa poitrine dans son soutien-gorge, n'y voyait que du feu. Je me rajustai à mon tour, sans quitter Sonia des yeux pendant qu'Odile posait une main sur mon épaule et me déclarait, sur un ton solennel, qu'elle n'arrivait pas à croire que nous y soyons enfin arrivés.

Dans la seconde qui suivit, Sonia fit demi-tour et disparut de ma vue.

Odile reprit un esquimau dans le frigo.

« C'était pas mal, non ? » s'enquit-elle.

Je hochai la tête en lui souriant vaguement car j'étais encore sous l'effet de la surprise, étonné que nous ne soyons pas au beau milieu d'une scène très éprouvante comme on en observait quelquefois quand il se passait des histoires au cours d'une soirée, quand un couple se défaisait et en venait presque aux mains, s'envoyait les pires vérités à la figure et que tout se terminait dans un torrent d'injures et de larmes.

Il était presque cinq heures du matin. Je me juchai machinalement sur un tabouret du bar et Odile se glissa entre mes jambes pour partager son esquimau avec moi. Elle pensait que jouer dans une série était ce qui lui était arrivé de mieux depuis longtemps et qu'elle se sentait prête à donner tout ce qu'il y avait en elle. De mon côté, je me demandais si je ne venais pas de percuter un mur. Mais il était presque cinq heures du matin et je n'étais plus en état d'en avoir pleinement conscience. Je ne parvenais même pas à me sentir coupable. Ni même satisfait de quelque manière que ce soit.

Je sortis et patientai un moment sur la terrasse pendant que Sonia me dévisageait brutalement. Puis elle détourna les yeux. Avisant les premières lueurs du jour, les autres commençaient déjà à remuer, à rassembler leurs affaires telle une bande frappée d'amnésie.

Je n'étais sûr de rien, mais j'imaginais une explosion à la dernière minute — Sonia tirant un missile à bout portant dans le cœur de sa meilleure amie.

Elles s'étreignirent aussi amoureusement que d'habitude.

Les dernières bribes de conversations se terminèrent sur le trottoir, dans une brume évanescente et une tenace odeur de gaz dont personne ne savait trop quoi penser.

Il n'y avait pas un seul nuage dans le ciel. J'en fis la remarque à Sonia tandis que les voitures démarraient et s'éloignaient en convoi vers le centre, mais elle demeura sans réaction, m'ignorant totalement.

« Est-ce que tu veux que nous en parlions maintenant ? lui demandai-je.

— Non. Je n'ai pas envie de te parler. »

Juste à ce moment, les Dorcet rentraient chez eux. Nous échangeâmes des signes de la main et quelques mots aimables tandis qu'ils se dirigeaient vers leur entrée — Dora se débarrassait déjà de ses chaussures en sautillant dans l'allée avec un de ces rires sonores dont elle avait le secret.

J'ouvris de nouveau la bouche, mais Sonia m'ordonna de me taire. Ce qui était sans doute mieux car il n'y avait rien à dire. Je regardai la porte des Dorcet se refermer derrière eux, songeant à la nôtre que nous refermerions bientôt derrière nous, sur l'insondable et risible mystère de nos vies. Et la clarté du jour naissant présageait des déserts lisses comme une paume, sans repère qui indiquerait si on avançait ni de quel côté aller.

Sonia et moi étions littéralement tétanisés — à la fois par cet amer constat, cette désolation où nous nous roulions tous les deux, et presque tous les gens de notre âge, comme des chiens enragés et stupides, et à la fois par la lumière du jour qui nous inondait et qui nous laissait croire qu'elle allait nous donner des forces pour surmonter ce qui arrivait.

Sonia et moi tanguions et vacillions légèrement sur nos jambes, perplexes, quand la maison des Dorcet explosa en mille miettes. Un nuage de feu embrasa les alentours et le souffle nous projeta dans les airs.

Quand je me relevai, je constatai que ma femme était morte.

Un matin, Sandra entra dans la librairie comme si le diable était à ses trousses. Grimpée sur un escabeau, Corinne se figea.

Nous venions de faire nettoyer la vitrine et résultat, l'ardente lumière de la rue était à son comble, se déversait à l'intérieur de manière euphorique.

Puis Sandra vint s'affaler sur une table où l'on présentait les dernières nouveautés, en particulier des ouvrages consacrés aux femmes, et elle fondit en larmes.

Son père et sa mère avaient péri durant la nuit, brûlés vifs dans l'incendie de leur bungalow, à l'aube de leur seconde année de retraite.

Quand je relatai ces événements à ma mère — cette fois, elle avait embouti un arbre vers trois heures du matin, à deux pas de chez elle, et de multiples contusions la tenaient au lit depuis une semaine, dans une clinique dont je connaissais le directeur —, elle resta un moment silencieuse puis haussa les épaules en déclarant que prendre sa retraite était déjà mettre un pied dans la tombe.

À cinquante-huit ans, elle commençait à s'inquiéter du temps qui passait et gardait parfois un pli amer à la bouche. J'ai pensé qu'un peu de boulot lui ferait plaisir.

Les clients de la librairie étaient en majorité des femmes et en l'absence de Corinne et Sandra, je me contentais de tenir la caisse pendant qu'elles discutaient avec ma mère. Je m'occupais aussi de leur chienne, Béatrice, qui ne supportait pas la campagne et traînait dans leur appartement du dessus ou dans le magasin pendant que ses maîtresses réglaient les histoires de famille et l'enterrement dans la moiteur d'un bled quelconque. Je la sortais. Le soir, je l'emmenais faire une longue balade dans les rues. Je m'arrêtais pour boire quelque chose, puis nous rentrions. Je la ramenais chez elle. Je crois qu'elle m'aimait bien.

Au bout d'une semaine, le visage de ma mère avait retrouvé un peu d'éclat et les deux autres appelaient pour savoir si tout allait bien — de leur côté, elles semblaient vivre une nouvelle passion à l'occasion de leur séjour dans une petite chambre d'hôtel romantique et ne semblaient pas pressées de rentrer.

Puis un soir, au moment de fermer, Béatrice a attaqué ma mère.

C'était une chienne de bonne taille, avec des crocs impressionnants. Nous n'avons pas compris ce qui lui passait par la tête. Sous son assaut, ma mère tomba à la renverse et du sang giclait de son bras.

J'avais déjà tué un chien, autrefois. Pendant qu'elle s'acharnait sur ma mère, que les grognements et les cris se mêlaient, j'ai attrapé un bronze d'Anaïs Nin et j'ai fracassé le crâne de Béatrice, je l'ai frappée à plusieurs reprises, jusqu'à ce que sa cervelle gicle sur les murs.

À cette époque, je n'avais pas de compagne officielle. Je couchais de temps en temps avec la femme de Boris, le directeur de la clinique, tandis que ma mère, de son côté, multipliait des aventures sans lendemain. Nous en parlions quelquefois. Enfin, nous n'en parlions pas directement mais il y avait des regards sans équivoque, des silences limpides comme du cristal, des livres grands ouverts sur le constat de nos échecs. Nous nous comprenions, elle et moi. Et quant au sujet de nos vies inabouties, de notre misérable solitude, nous ne savions pas si nous devions en rire ou en pleurer.

Mais à présent, nous passions des heures ensemble dans la librairie, à flâner au milieu de tous ces livres, de toutes ces histoires de dingues dont la nôtre n'était pas la plus cafardeuse — ni la plus tordue, loin de là —, à attendre que des dingues viennent acheter des histoires de dingues avec des airs de conspirateurs par ce beau mois de juin où le sang séchait si vite.

Il y en avait encore quelques taches sur les pieds de bois des tréteaux bien que j'aie passé le lendemain du drame à frotter et gratter le sol sur un rayon de trois mètres ainsi que le bas des murs.

Ma mère trouvait que c'était gênant. Elle avait le bras en écharpe et ne pénétrait jamais dans la zone où le pire s'était déroulé. Si elle suivait une cliente, elle faisait alors demi-tour et la rattrapait de l'autre côté.

Je fis donc venir un homme. Une boîte spécialisée dans le nettoyage tous azimuts m'envoya un de leurs techniciens, comme ils les appelaient, après m'avoir juré que le résultat était garanti et que des tonnes d'eau savonneuse n'allaient pas arroser tout le magasin et détruire la moitié de mon stock.

Ma mère portait une robe d'été. Les traces de son accident de voiture avaient disparu et je freinais sa consommation d'alcool, si bien qu'elle semblait en pleine forme. Je l'emmenais également déjeuner tous les midis, d'où les deux ou trois kilos qu'elle semblait avoir repris et dont je me félicitais quand je voyais le résultat. Elle avait beau faire mine de s'en épouvanter, je sentais qu'elle était d'accord avec moi. Qu'ils s'étaient habilement diffusés dans des endroits stratégiques.

À mon avis, elle était encore assez belle. Certaines fois, des clientes lui tournaient autour, l'entraînaient dans le fond du magasin pour lui parler à voix basse, et Corinne et Sandra, quand je les interrogeais, me demandaient si la question se posait ou si j'avais des problèmes de vue.

Enfin bref, je fis donc venir un homme.

J'étais au téléphone, en train de raconter aux filles que leur Béatrice faisait un somme sur le trottoir en prenant le soleil — je préférais retarder l'instant de vérité au maximum — tandis que ma mère ouvrait le courrier, quand il entra.

Ma mère et moi en restâmes cloués sur place, le souffle coupé.

Dès qu'elle le put, dès qu'elle eut plus ou moins repris ses esprits, elle vint me tirer par la manche.

« Je sais, lui dis-je avant qu'elle n'ouvre la bouche. Je sais. Je reconnais que c'est assez troublant. »

Nous passâmes le restant de la matinée à étudier l'homme sous toutes les coutures, au point qu'il finissait par nous considérer d'un œil méfiant.

De temps en temps, ma mère était obligée de sortir pour aller boire un verre et je n'avais pas la force de l'en empêcher.

C'était un choc, pour moi aussi. La ressemblance de cet homme avec mon père était si frappante que j'avais l'impression de retomber en enfance, et ma poitrine se serrait, que de vieux sentiments resurgissaient en moi. Je les croyais morts, ces sentiments. Non pas que je les eusse sciemment étouffés. Pour autant que je sache. Mais quoi qu'il en soit, j'accusais le coup, je m'asseyais sur une chaise s'il n'y avait pas de clients. Car d'un côté, la surprise était agréable, tandis que de l'autre soufflait un vent de panique, fût-il encore lointain et maintenu à distance.

Bien entendu, il était plus vieux que celui que j'avais connu. Il devait avoir une cinquantaine d'années. Son visage s'était émacié, sa chevelure s'était éclaircie, son dos s'était un peu voûté, son air s'était assombri, mais on ne pouvait pas s'y tromper.

Il shampouina la moquette en évitant mon regard.

À midi, je commandai trois repas sans même comprendre ce que je faisais. Pas plus que ma mère qui nous débarrassa une table le plus naturellement du monde dans le fond de la librairie.

L'homme prit son temps pour sortir de sa coquille.

La semaine suivante, ils se donnaient rendez-vous. Ils s'installèrent pour dîner à une terrasse, dans un restaurant du centre-ville.

« Comment voulais-tu que je fasse ? me déclara-t-elle ensuite. Comment aurais-je pu lui résister ? »

Je crois que je comprenais. Et je m'en trouvais gêné, par la même occasion. Comme si le moment allait venir où je devrais rendre des comptes à cet homme. Lui expliquer comment j'avais géré les choses en son absence.

Il s'appelait Vincent. Pas d'enfant, divorcé, puis une situation en dents de scie au cours des dix dernières années, cinq ou six emplois dans des branches différentes et rien de très réjouissant à l'horizon.

« Je manque de m'évanouir sur place, reprit-elle. Quand il me regarde au fond des yeux, je sens mes jambes me trahir. »

J'essayais de la freiner un peu mais elle n'entendait rien de ce que je disais. Pas plus qu'elle n'écoutait Olga, sa meilleure amie, qui pour une fois se rangeait de mon côté et qui trouvait que ce n'était pas très sain. Ma mère ne nous entendait pas.

« C'est comme s'il était revenu me chercher », me confia-t-elle sans sourire.

Je ne répondis rien.

Il y avait longtemps que je ne mettais plus mon nez dans ses histoires et je me jurai de ne pas plus m'en mêler cette fois encore. Bien que cette ressemblance fût à tous égards littéralement stupéfiante.

Je n'avais pas beaucoup de photos de mon père. Je passai plusieurs nuits de suite à les contempler pendant que ma mère le tenait dans ses bras, en chair et en os.

En sa présence, j'éprouvais un sentiment croissant de culpabilité mais je me forçais à le regarder en face, à ne jamais baisser les yeux, même quand l'illusion était si parfaite qu'il me semblait reconnaître sa voix.

« Il se demande si tu es tout à fait normal, me dit ma mère. Il te trouve bizarre, par moments. »

Elle avait peur que je ne l'effraie en tournant autour de lui.

Car cette idiote était tombée amoureuse.

Quand les filles nous annoncèrent leur retour, je décidai d'aller leur acheter un chien pour amortir le coup.

Nous passâmes la journée à filer à travers la campagne, d'un chenil à l'autre. Lili, ma fille, était à côté de moi avec son walkman branché sur les oreilles et sans se préoccuper du paysage. Ma mère et Vincent étaient installés à l'arrière. Je la voyais dans le rétroviseur. Je voyais bien qu'elle était tombée folle de lui.

Quand Lili me demanda ce qui se passait — nous venions de les voir s'embrasser derrière un arbre tandis qu'un type nous conduisait vers un enclos bourré de chiens —, je lui répondis que je n'en savais rien, que peut-être sa grand-mère avait attrapé une insolation.

Le soir venu, Corinne et Sandra pleurèrent à chaudes larmes quand elles apprirent que Béatrice avait été écrasée par un camion. Puis la vie reprit son cours.

Je m'arrangeai pour les voir le moins souvent possible, ce qui semblait convenir parfaitement à ma mère. Cela dit, je pensais à eux du matin au soir.

« Qu'est-ce que tu crois que ça me fait ? déclarai-je sombrement à Olga qui restait plantée devant son placard pour choisir une robe. Tu crois que ça me fait du bien ?

— D'accord. Mais qu'est-ce qu'on peut y changer ?

— J'ai vu mon père dans son cercueil. J'ai jeté de la terre dans sa tombe, oui ou non ? »

Je lui demandai de fermer son peignoir quand elle se tourna vers moi.

« Écoute, Olga, je ne suis pas en train de plaisanter. Ça me pose vraiment un problème. »

Un type lui avait offert une décapotable, deux ans plus tôt, et elle filait dans les rues de la ville le pied au plancher. À un feu rouge, sous un ciel gorgé de soleil, elle me caressa la nuque.

« Je ne veux pas t'inquiéter, me dit-elle. Mais je crois que c'est sérieux.

— Je sais. Je ne suis pas aveugle.

— Au fond, c'est ce qu'elle voulait. C'est ce qu'elle a toujours voulu. Tu sais, je commence à la connaître. »

Je la considérai un instant et songeai qu'elle aussi, elle avait ce qu'elle avait toujours voulu : avoir des amants fortunés et s'envoyer en l'air sans se traîner mari ni enfants, sans se compliquer la vie. Puis je me demandai si finalement on n'arrivait pas toujours à avoir ce que l'on voulait *du plus profond de son cœur.*

En tout cas, elle connaissait quelqu'un pour faire sortir Vincent de prison.

Quand nous l'avons récupéré, on aurait dit qu'il était tombé d'un train et avait roulé sur un champ de cailloux. Il était hirsute, dépenaillé, son visage était sale, gonflé, rouge, égratigné et il lui manquait une chaussure.

« Derek va arranger ça », déclara Olga tandis que je conduisais Vincent vers la sortie et qu'elle pressait un inspecteur dans un coin pour le remercier de ses services.

Vincent cligna des yeux dans la lumière. Je le fis asseoir sans dire un mot sur la banquette arrière. Ce n'était pas à moi de faire la conversation.

Il inspecta la rue d'un air sombre jusqu'à ce que nous stoppions à un carrefour.

« J'ai été viré », nous informa-t-il.

Olga redémarra en évitant un piéton de justesse.

« Ça arrive à tout le monde », répondis-je.

Un bras à la portière, l'autre sur le dossier d'Olga, j'attendis qu'il nous en apprenne davantage.

« Tu n'es pas très bavard », lui dis-je.

C'était mon père tout craché. Autant que je m'en souvenais. Je revoyais des conversations que nous avions ensemble, conversations au cours desquelles nous avions du mal à nous arracher trois mots à l'un comme à l'autre.

Nous roulâmes sur une bonne distance avant qu'il ne concède qu'il avait sans doute un peu trop bu à cause de sa soudaine mise à pied. Sinon, il ne se souvenait pas qui avait déclenché cette bagarre.

« N'empêche que quand les flics arrivent, Vincent, il faut savoir s'arrêter. Si on ne veut pas s'attirer des ennuis, il vaut mieux s'éclipser en vitesse. »

J'arrêtai Olga pour lui acheter des chaussures, mais il ne voulut pas venir avec moi.

« Alors je prends quoi ? lui demandai-je. Des chaussures à lacets ou des mocassins ? Tu préfères quoi ? »

Dans le magasin, je me souvins que mon père portait parfois des chaussures violettes.

Je hélai Vincent qui prenait le soleil, la nuque renversée sur le dossier :

« Hé. Ils n'ont plus que du violet dans ta pointure. Est-ce que c'est ennuyeux ? »

Lorsque nous nous garâmes devant le salon de Derek, Vincent continuait d'examiner ses mocassins avec un air de satisfaction croissante. En les essayant sur le trottoir, il sembla ravi et moi aussi.

Derek raccompagna jusqu'à la porte une grosse femme vêtue d'un uniforme de policier, puis il déclara qu'il lui fallait une heure pour remettre Vincent en état.

Je regardai ma montre et lui déclarai qu'on était bon, puis j'allai chercher des cafés et de l'aspirine au bar d'en face.

À mon retour, profitant de ce qu'Olga et Derek s'entretenaient à l'écart, il s'excusa pour les emmerdements qu'il occasionnait.

« Qu'est-ce que ta mère va faire d'un chômeur ? ajouta-t-il en grinçant des dents. Qu'est-ce qui va se passer, maintenant ?

— Pas grand-chose, j'imagine. Non, je ne pense pas que ce genre de chose puisse l'inquiéter. »

Je lui proposai de le dépanner s'il avait un souci d'argent. Je me souvenais des liasses de billets que mon père nous laissait à chacune de ses visites. Je trouvais qu'il était agréable de jouer le rôle du bon fils. Surtout quand on ne se sent pas blanc comme neige.

Pour aller voir danser Lili, il était fin prêt. Son pantalon n'était pas fraîchement repassé mais ses chaussures étaient impeccables.

Ma mère trouva que mon initiative était d'un goût douteux mais cela resta entre nous. Néanmoins, tandis qu'elle se tenait à son bras lors de la représentation, elle n'arrêtait pas de les regarder. Quelquefois avec un air incrédule. « Tes chaussures de frimeur, disait-elle à mon père pour le taquiner. Toi et tes chaussures de frimeur. »

Et quand il souleva Lili dans ses bras. Quand à la fin il souleva Lili dans ses bras pour la féliciter, je surpris le regard de ma mère.

J'imaginais que son cœur devait être fracassé quand elle voyait ça. Ce type dans ses chaussures violettes, avec Lili accrochée à son cou.

Ensuite, je le retrouvai devant le buffet et je m'aperçus qu'il avait vidé quelques coupes de champagne.

« Tu essayes de soigner le mal par le mal ? » lui demandai-je.

Depuis la mort de mon père, ma mère n'avait jamais eu de relation sérieuse. Je me souvenais à peine de quelques-uns des types qu'elle avait rencontrés. En vingt ans, depuis que mon père était dans sa tombe, pas un homme n'était réellement entré dans sa vie.

Trois semaines plus tard, Vincent emménagea chez elle.

Difficile à croire, mais c'était ainsi. Là où les autres s'étaient régulièrement cassé les dents, Vincent renversa l'obstacle en douceur.

Ce fut un nouveau choc pour moi. Ma mère m'annonça la nouvelle avec un air décontracté, comme si la chose était naturelle. D'autant qu'il avait perdu son emploi.

« Je peux payer son loyer, lui répondis-je. Si le problème est là, je peux m'en occuper. »

Elle me prit dans ses bras pour me confier que j'étais un bon garçon, mais elle pensait qu'ils pouvaient parfaitement se débrouiller tous les deux. Quand ma mère me prenait dans ses bras, je n'étais plus le même. J'étais comme un homme qu'on pousse dans un fauteuil roulant. J'allais avoir quarante ans, mais quelque chose en moi n'avait pas grandi.

Ainsi, des objets qui m'avaient appartenu et qu'elle conservait religieusement disparurent à la cave — dont un grand portrait de moi, qui datait de l'époque où je posais en slip dans un magazine masculin et qui avait résisté à tous nos déménagements.

«Ton portrait, c'est moi. C'est pas ta mère, m'a déclaré Vincent.

— Ça va. Y a pas de mal.

— Mais c'est pas toi. C'est… comment l'expliquer ?

— Je sais. Je vois ce que tu veux dire.»

Il était en train de repeindre la cuisine. Elle n'en avait pas vraiment besoin mais je comprenais ce qu'il essayait de faire.

Il descendit de son escabeau, s'essuya les mains et attrapa deux bières dans le frigo. C'était une matinée assez chaude, qui donnait soif.

«Il va falloir que je trouve un boulot, déclara-t-il en prenant un air soucieux. Alors qu'il y a des millions de types au chômage. On dirait une aiguille dans une meule de foin, tel que ça se présente. En attendant, ma fierté en prend un coup.

— Ce n'est pas une maladie. Maintenant, tout le monde le sait.

— N'empêche qu'on a l'impression d'être un fétu de paille. On se sent piétiné. Parfois, j'ai du mal à regarder ta mère en face. »

Je l'invitai à rincer ses pinceaux et l'emmenai déjeuner.

« Ça n'a pas été facile, lui confiai-je. J'ai certainement commis des erreurs, mais elle est en un seul morceau. J'ai veillé sur elle. Je l'ai quelquefois portée sur mon dos. Je ne crois pas que l'on puisse me reprocher d'avoir manqué d'attention pour elle. Je parle dans l'ensemble. Si l'on considère ça sur une période de vingt ans. Ça n'a pas toujours été facile.

— Je vois tout à fait ce que tu veux dire.

— Je n'ai qu'une mère. Je n'en ai pas d'autre. Mais j'accepte sa décision. Si elle t'a choisi, c'est qu'elle avait de bonnes raisons de le faire. Voilà ce que je me dis.

— On n'est plus des enfants, ta mère et moi. On a passé le plus dur. On n'a plus envie de se lancer dans n'importe quoi. »

Là-dessus, il était confiant. Mais son air s'obscurcit et il se ravisa en évoquant de nouveau sa situation financière.

« Je suis resté un an sans travail, dans les années quatre-vingt. Et pourtant, c'était les années quatre-vingt. Tu ne m'aurais pas reconnu. J'ai fait la queue dans le froid pour obtenir un bol de soupe. Je ne crois pas que j'aurais la force de recommencer. »

J'avais eu l'occasion de remarquer qu'il finissait toujours consciencieusement ses plats. Et qu'il ne parlait guère durant les repas, du moins tant que son assiette n'était pas vide. Chaque fois qu'une société engrangeait des bénéfices, des milliers de gens se retrouvaient à la rue, des familles entières explosaient en plein vol. Bien qu'étonnante, c'était une loi quasi mathématique.

Quand je retrouvais ma mère à la librairie, il était inutile que je l'interroge pour savoir si Vincent avait trouvé du travail : la réponse était inscrite sur son front. J'essayais de ne pas trop avoir l'air d'insister tout en lui manifestant mon intérêt pour la chose, ce qui constituait un exercice assez délicat.

En fait, elle se tenait sur la défensive. Je la regardais droit dans les yeux, mais elle ne cillait pas.

« Mais est-ce que tu plaisantes ? lui déclarai-je un matin. Est-ce que tu vas me faire ça, *à moi* ? Tu en es capable ?

— Qu'est-ce qu'il y a ? De quoi parles-tu ?

— On n'est plus du même côté, toi et moi ? Tu t'amuses à fermer des portes entre nous ? C'est à ça que tu joues ?

— Je ne comprends pas de quoi tu veux parler. »

J'éprouvai à ce moment-là une colère très particulière, à la fois douloureuse et paralysante. Du coin de l'œil, j'aperçus Corinne et Sandra qui observaient la scène du fond de la librairie et n'en perdaient pas une miette. Elles devaient voir la muraille qui se dressait entre ma mère et moi.

« Si tu ne comprends pas, je ne vais pas te l'expliquer, fis-je en reprenant mon souffle. Mais ça me fait chaud au cœur. C'est une chose que je n'aurais jamais pu imaginer. »

J'envoyai les deux filles faire un tour, se prendre un café, promener leur chien. Puis je vaquai à mes occupations en l'ignorant, en la laissant dans ses nouvelles dispositions.

La balle était dans son camp. Je ne pouvais rien faire de plus. Je comprenais que les gens puissent écrire des bouquins si tristes. Sur la douzaine d'ouvrages que nous avions édités — et le fait que nous ne publiions que des femmes n'y changeait rien —, onze étaient des histoires de trahison, de rupture, d'échec et de mort — je n'avais pas pu finir celui qui restait pour diverses raisons.

Je voyais bien à quoi la vie nous confrontait.

Ma mère resta muette pendant une heure. J'en profitai pour signer quelques chèques et feignis de m'intéresser à un contrat que nous avions signé avec une femme qui proposait de sodomiser les hommes afin de jeter les bases d'un nouveau pacte entre les sexes. J'espérais en vendre quelques-uns.

Quand enfin elle ouvrit la bouche, ce fut pour m'annoncer qu'elle partait déjeuner.

Par chance, Odile ne vit pas d'inconvénient à me rejoindre le soir même.

Elle avait ses problèmes, de son côté — Boris, son flambeur de mari, avait hypothéqué la clinique et vidé leurs comptes pour s'acheter un avion — si bien que nous nous étreignîmes en silence. Avec une passion furieuse. Pour ne plus penser à rien.

Plus tard, à la vue de ses sous-vêtements déchirés, elle poussa un long soupir.

Vers deux heures du matin, elle voulut appeler un taxi mais je la raccompagnai.

Elle fouillait dans son sac, elle ne s'occupait pas de moi. Les trottoirs étaient presque déserts, les rues se succédaient dans la nuit.

« Si encore il avait acheté un bateau, soupira-t-elle. Tu me vois, piloter un avion ? Tu me vois passer mes week-ends à piloter un avion ? Je te dis qu'il est complètement malade. Et ton argent ? Il t'a rendu ton argent ? »

Je répondis d'un geste vague.

« J'en étais sûre », grimaça-t-elle.

Pendant un instant, elle inspecta les environs.

« Je jure de le quitter depuis dix ans et je ne l'ai toujours pas fait, reprit-elle. Au fond, je n'ai que ce que je mérite. C'est ce que tu dois penser.

— Non, Odile. Je ne suis pas d'humeur à jeter la pierre sur un autre. Pas en ce moment. Non, Odile. Trop de choses demeurent si inexplicables à l'intérieur de soi-même. Pourquoi j'irais critiquer une vieille amie comme toi ?

— Tu sais, j'ai l'impression d'avoir sauté dans un seau de glu. »

Elle avait raison.

Malgré ce beau ciel étoilé d'été, limpide comme de l'eau de roche, fin comme du cristal.

Sous le ciel, il y avait l'appartement de ma mère. J'étais garé en face, à fumer des cigarettes dont je finissais par me débarrasser d'une pichenette en direction de sa fenêtre. Elle était éclairée de l'intérieur et l'on voyait des ombres passer.

Jusque-là, je n'avais jamais trop cherché à savoir ce qu'elle faisait. Je m'étais toujours imposé de ne pas entrer dans les détails. J'étais au courant que ma mère baisait à droite et à gauche, mais ça ne restait qu'un mot pour moi. Je ne laissais aucune image parvenir à mon esprit, pas même un éclair de peau dans l'obscurité.

Mais ce soir-là était différent. Il était le sombre envers des autres. Cette fois, il était rempli d'images. Je me serais cru sur un site

de porno amateur. Je voyais ma mère grogner sur la moquette, je voyais Vincent
s'agiter dans son dos et c'était sur mon front
que je tamponnais la sueur. C'était une nuit
chaude, sans air. Ma mère avait fermé sa
porte et il me fallait toutes mes forces pour
encaisser le choc.

Je l'observai sans rien dire durant trois
semaines, période au cours de laquelle je ne
vis pas Vincent une seule fois.

Elle portait un masque. Elle savait se ren-
fermer. C'était une femme profondément,
naturellement têtue. Jamais elle ne s'était
laissé emporter par les événements. Elle
tenait tête à mon père. Et même si elle avait
envie de pleurer, d'aller se jeter sur son lit
pour ne plus en sortir, elle lui résistait pied à
pied, ne laissait rien trahir de sa fragilité tant
qu'il n'avait pas tourné les talons. Ensuite,
c'était autre chose. Ensuite c'était moi qui la
consolais, c'était ma chemise qu'elle mouil-
lait de sa morve et de ses larmes, mais elle
avait tenu bon devant lui.

Comme elle tenait bon devant moi. Elle
demeurait impassible.

Je ne savais rien de ce qui se passait au juste.

Lili était en vacances au bord d'un lac, chez une femme qui me posait des problèmes mais avait aussi la gentillesse de prendre Lili avec elle, en plus de ses deux gamins, quand les congés d'été me tombaient dessus, sur moi, sur un père célibataire qui tâchait d'élever une petite fille de huit ans, avec toutes les obligations que cela supposait.

L'été, quand l'été arrivait, je m'arrachais les cheveux. Qu'allions-nous pouvoir fabriquer pendant deux mois ? Allais-je me montrer à la hauteur de ses attentes, avec tout ce qui lui passait par la tête, toutes ses envies étonnantes ?

J'allais la voir le week-end. Je restais pour garder les enfants tandis que Carole et Richard, son mari, partaient en canot sur le lac, bardés d'ustensiles de pêche.

« Non seulement elle ne nous gêne pas du tout, me disait Carole, mais les garçons sont tellement contents de la voir. »

Nous les regardions jouer sur les rives, à la tombée du soir, pendant que Richard faisait son footing, et je devais reconnaître que je me sentais rassuré. J'en ravalais mon sentiment de culpabilité.

Un matin, voyant que je rêvassais sur la terrasse, Carole m'a demandé ce qui me préoccupait.

« Il n'a même pas fini de peindre la cuisine, lui répondis-je. Et il n'était pas rasé depuis trois jours. »

Je venais de lui rendre compte de la visite que j'avais faite à ma mère, la veille au soir, et de l'ambiance que j'y avais trouvée. Le malaise qui régnait dans l'appartement. L'impression qu'une jungle invisible l'avait envahi. Ma mère, avec son masque de statue. La demi-bouteille de martini blanc que nous avions bue en vitesse tous les trois pour combler des silences pesants.

«Viens donc passer quelques jours ici, me proposa-t-elle. Viens donc te détendre un peu. Laisse-les donc se débrouiller. »

Richard faisait régulièrement des allers et retours mais je n'arrivais pas à me décider. Je n'avais pas envie d'ajouter des complications aux complications. Et puis les aventures de ma mère m'occupaient trop l'esprit.

« Mes parents sont divorcés, reprit-elle. Est-ce que je te l'ai dit ? En tout cas, je remercie le ciel de ne pas m'en être mêlée. Laisse-les se débrouiller. »

Elle proposa que nous allions nous baigner mais je montai dans ma voiture et retournai en ville.

Toute cette histoire me contrariait. Elle me perturbait au point qu'un soir, il m'arriva ce qui ne m'était encore jamais arrivé : je déclenchai un signal d'alarme.

Plus tard, allongé sur mon lit, mon cœur cognait encore vivement dans ma poitrine. Les paumes de mes mains étaient en feu, brûlées par la corde. Je revoyais les flics bondir de leurs voitures. Ma course effrénée avec mes sacs à bout de bras et bondissant par-dessus une palissade, me volatilisant par miracle.

Puis je marchai de long en large dans ma chambre en faisant claquer mon poing dans ma paume.

Comment avais-je pu me laisser distraire, ne fût-ce qu'une seconde ? Comment avais-je pu relâcher mon attention au milieu de toute la technologie que l'on dressait contre moi ? Étais-je devenu fou ? Étais-je devenu dangereux pour moi-même ? Me disais-je toute la vérité ?

Le lendemain, en observant Lili dans un pneu suspendu qui servait de balançoire, je songeai que la vie était comme une pieuvre.

Un matin, ma mère arriva en retard à la librairie.

Je levai la tête sur elle quand elle entra et j'eus tout à coup l'impression que j'avais une vieille femme devant moi. Cette image ne me frappa que durant un instant mais ce fut comme une révélation et je m'efforçai de lui parler une fois encore, tandis que l'on nous servait une salade en terrasse.

Je commençai par lui prendre la main. Puis j'embrassai sa main. Et ensuite, je la suppliai de me parler, de ne plus me tenir à l'écart, de ne plus me considérer comme un ennemi car j'en étais malade.

« Je vois bien que ça ne va pas. Mais je suis là pour t'aider, ma chérie. Qu'est-ce que j'ai fait d'autre que t'aider durant toutes ces années ?

— Tu me le reproches ?

— Écoute, il ne s'agit pas de ça. Tu es ma mère et tu as un problème. Alors si tu le veux bien, nous allons le résoudre ensemble.

Je suis là pour ça. Je regrette que tu ne t'en sois pas aperçue plus tôt, c'est tout. »

Vers trois heures de l'après-midi, nous commandâmes notre cinquante-sixième café. Elle avait été longue à lâcher prise. J'avais dû évoquer de nombreux souvenirs de notre vie commune d'autrefois, lui rappeler les endroits où nous avions habité ainsi que les bons moments que nous y avions connus. À maintes occasions, au cours de ce déballage sentimental, nous avions ri ou partagé quelques instants émus ou comparé nos mémoires tout en bougeant avec l'ombre du parasol.

La dernière fois que j'avais vu mon père, j'avais onze ans, et depuis, j'avais passé toute ma vie à côté d'elle. Je lui rappelai qu'elle ne pouvait pas me cacher grand-chose pendant trop longtemps.

« Mais tu n'en es pas sûr, me répondit-elle.

— C'est vrai. Je n'en suis pas sûr. Chacun peut se prévaloir d'un angle mort. »

Elle me fixa en hochant longuement la tête. On aurait dit qu'elle vérifiait chaque trait de mon visage.

« J'ai pourtant fait ce que je croyais être la meilleure chose, finit-elle par me déclarer. Pour toi comme pour moi.

— Sauf qu'il n'y a rien à faire. Nous en avons assez parlé, il me semble. Je mène la vie que j'ai envie de mener. Arrête de penser que tu y es pour quelque chose. Arrête un peu avec ça, s'il te plaît.

— Mais tu ne connais rien à l'amour. Tu ne sais même pas de quoi tu parles.

— Et à qui la faute ? À personne. Et ça ne vient pas de moi. Je devrais faire quoi, d'après toi ? Passer une annonce ? Je suis prêt à le faire, tu sais. Je ne demande que ça. »

Elle me fixa de nouveau longuement puis se décida à me confier que Vincent était pratiquement saoul du matin au soir.

« Dans ce cas, tu vois ce que je veux dire, lui répondis-je. Il y a une chance sur combien de tomber sur la bonne personne ? Quelles sont les probabilités ? »

J'arrivai un matin et le trouvai installé devant la télé, une bouteille d'alcool à portée de la main. Il regardait une émission religieuse.

Je l'entraînai vers la salle de bains sans trop de difficultés, je lui ôtai son survêtement et le maintins sous la douche pendant quelques minutes après l'avoir arrosé d'un savon liquide vanté pour ses effets toniques. Puis je le rasai, l'habillai tandis qu'il ne m'opposait que de vagues grognements dont je n'avais cure.

« Ce type est complètement cuit », m'affirma Boris à la suite d'un examen rapide.

Tandis que Vincent se rhabillait dans la pièce voisine, Boris m'expliqua que son foie était en mille morceaux et que ça ne datait pas d'aujourd'hui.

« Est-ce que ça te dirait d'avoir des parts dans un Turbo Skylane ? me proposa-t-il alors que Vincent nous rejoignait, peinant à reboutonner sa chemise. Je fournis les parachutes.

— Je ne sais pas, Boris. Je vais y réfléchir.

— Tu n'as pas envie de te sentir plus léger ? D'échapper à la pesanteur de cette vie imbécile ? Tu as besoin d'y réfléchir ? »

Sur le chemin du retour, je m'arrêtai à une pompe à essence et conduisis Vincent vers une machine à café.

« J'en ai rien à foutre de ce qu'il t'a dit. Vraiment rien à foutre », marmonna-t-il.

J'acquiesçai en silence. Sur le coup, j'aurais donné cher pour me trouver dans un petit avion — à défaut d'un planeur —, à vingt mille pieds d'altitude et plus. Même avec un amateur comme Boris aux commandes.

À peine entré dans l'appartement, il retourna s'asseoir devant la télé et remit la même chaîne. Cette fois, il s'agissait d'une table ronde à propos du célibat des prêtres.

« Ça t'intéresse ? lui demandai-je.

— Je trouve ça reposant, maugréa-t-il. Je n'arrive pas à regarder autre chose. Je trouve ça tellement reposant. »

Bien qu'il ne se fût pas arrangé depuis notre première rencontre, sa ressemblance avec mon père continuait de me perturber.

« Est-ce que tu as pensé à elle ?

— Je ne fais que ça, de penser à elle. Mais je suis pas plus avancé, je te l'avoue. »

Je restai un moment debout devant lui, à l'observer. Il fallait que je prenne une décision rapide et je la pris.

Deux jours plus tard — il me fallut une journée entière pour me procurer une arme et une autre pendu au téléphone avec la fille de l'agence qui était perdue au milieu de ses fiches comme une limace dans une touffe d'herbe —, nous débarquâmes dans un coquet bungalow, Vincent et moi, prêts pour le round final.

De la véranda, nous avions pratiquement les pieds dans l'eau du lac et la baraque de nos voisins les plus immédiats était à peine visible au milieu des bois.

Nous descendîmes nos valises, nos ustensiles de pêche, nous aérâmes, puis nous fîmes demi-tour pour aller nous approvisionner dans le supermarché du coin.

Il était onze heures du matin. Mais déjà il se traînait en gémissant, incapable de me donner son avis quand je lui indiquais des boîtes ou des barquettes toutes prêtes pour le micro-ondes, plié en deux qu'il était sur le caddie.

Son regard s'éclaira néanmoins et il se redressa au rayon alcools. J'attrapai quelques caisses de bière. Pendant ce temps-là, il se mit à inspecter les bouteilles de whisky, à les *soupeser* pour être précis, puis il m'interrogea du regard. Je lui dis qu'il pouvait y aller, sans regarder à la dépense. Je me sentis dans la peau d'un bon fils. Sur le parking, par une chaude matinée qui sentait légèrement la vase ainsi qu'une franche odeur de pin, je le laissai boire un coup tranquillement tandis que je rangeais nos provisions sur la banquette arrière que le soleil avait ébouillantée. C'est ce que j'appelais être un bon fils.

Il dormit tout l'après-midi, après avoir refusé d'avaler quoi que ce soit de solide.

Je passai une heure à lire le manuscrit d'une femme que Corinne et Sandra voulaient absolument éditer, et j'étais plutôt partant, même si je ne voyais pas trop l'intérêt de transformer un roman en puzzle — mais Corinne et Sandra s'y connaissaient mieux que moi en littérature. Ensuite, j'allai me baigner.

Comme il dormait toujours, je rendis visite à Carole et Richard qui se trouvaient à l'autre bout du lac, à moins de trois kilomètres en empruntant une petite route qui serpentait entre les fûts de hauts sapins, sous les rayons obliques de la lumière, vibrants de poudre.

« Je suis ni plus ni moins que de l'autre côté, leur indiquai-je en portant Lili sur mes épaules. Je suis exactement là-bas, en face de vous. Je pense que nous pourrions nous faire des signes, avec des jumelles. »

Je leur expliquai un peu pourquoi j'étais là. Je leur dis que Vincent avait besoin de se ressaisir. Que nous devions discuter, lui et moi.

« Et tu comptes rester un moment ? m'interrogea Carole.

— Comment savoir ? Il n'est pas en pleine forme, je ne peux pas t'en dire plus.

— En tout cas, me dit Richard, tu sais où nous trouver. N'hésite pas à venir quand tu auras besoin de te changer les idées. »

Avant de repartir, j'emmenai Lili faire un tour en barque. Je me souvenais comme nous avions du mal à nous parler, mon père et moi, quels terribles efforts ça nous demandait, aussi m'efforçai-je de lui expliquer la situation afin qu'elle comprenne que je ne la laissais pas tomber et la trouvais drôlement jolie, drôlement épatante, même si elle me regardait en faisant la grimace, même si ça la gênait d'écouter son père raconter des conneries sentimentales.

Elle me demanda de l'argent pour acheter des CD et des jeux vidéo et j'eus ce que je méritais, à savoir une bruyante marque d'affection — la barque tangua dangereusement tandis qu'elle me sautait au cou en m'appelant son papa chéri —, en échange de quelques billets. Mais malgré tout, je n'en fus pas mécontent. À mesure que les années passaient, je m'employais à revoir mes prétentions à la baisse, aussi désespérant que c'était.

Profitant de l'inattention de Richard qui enduisait de miel des côtelettes de porc et les disposait amoureusement sur son barbecue à gaz, Carole me raccompagna jusqu'à ma voiture.

« Est-ce que tu trouves que je vieillis mal ? » me demanda-t-elle.

Nous avions eu un début d'aventure cinq ans plus tôt. L'histoire avait lamentablement avorté mais je la sentais revenue à d'étranges sentiments à mon égard depuis que Richard perdait ses cheveux et avait pris dix kilos en s'arrêtant de fumer.

« Pourquoi tu vieillirais mal ? rétorquai-je.
— Je ne sais pas. Je te le demande.

—Tu veux parler de ton apparence générale ?

— De quoi d'autre ? De quoi pourrais-je bien vouloir parler d'autre, à ton avis ? »

Depuis peu, elle s'énervait très facilement après moi. Pas de manière très visible, mais ses traits se tiraient un peu quand elle m'entreprenait ou alors elle tripotait tout le périmètre d'un torchon, ou encore elle regardait ses pieds et semblait leur parler.

Elle manquait de cran pour se choisir un amant dans la rue, pour se démerder toute seule, alors c'était sur moi que ça retombait. J'étais la solution la plus facile. Le type idéal qui jouait aux fléchettes avec son mari, qui était célibataire et qui avait eu un avant-goût de l'histoire. Le type rêvé.

Si bien que j'étais couci-couça avec elle. Je ne me réveillais pas la nuit pour y penser. Et elle aurait voulu que je me réveille. Mais pour quoi faire ?

Je pris place derrière le volant en lui déclarant qu'elle était okay et que nous devrions avoir un beau coucher de soleil dans quelques heures, si le brouillard ne montait pas du lac.

Je la regardai disparaître dans le rétroviseur, plantée au milieu du chemin avec les mains sur les hanches avant que Richard n'arrive par-derrière et ne l'étreigne, lui collant son estomac dans les reins.

À mon retour, je préparai le repas du soir. Vincent avait proposé de m'aider mais il restait planté dans un fauteuil, essayant de se brancher sur la télé catholique ou éventuellement sur une chaîne animalière, ainsi que je le lui avais conseillé. Il avait bu une bouteille entière de whisky depuis le matin et se préparait à en ouvrir une autre.

« Ne te gêne pas pour moi, lui dis-je. Vas-y. Je sais ce que c'est. »

Je le forçai, en échange, à s'alimenter un peu. Puis je débarrassai, je priai pour que le lave-vaisselle fonctionne et je l'entraînai sur la véranda pendant que la nuit tombait.

« Faudra qu'on aille pêcher un de ces quatre. Je vais nous organiser ça. »

Il n'en sauta pas de joie au plafond et se contenta de hocher la tête.

« Pendant que tu tiens encore debout, ajoutai-je. Pendant qu'il te reste encore quelques forces. On dirait que tu n'en as plus beaucoup. »

Plus tard, il glissa de sa chaise et tomba carrément sur le sol.

Je le laissai là.

Le lendemain, je l'avertis que chacun s'occupait de sa lessive.

Je n'en parlai plus jusqu'à ce qu'un soir, à table, je lui fasse remarquer dans quel état il était. Il ne s'était pas changé depuis que nous étions arrivés, ni même lavé ou coiffé, il était sale et du blanc de salive séchée s'étoilait aux coins de sa bouche.

«Tu es pitoyable, lui dis-je. Regarde-toi. Je suis heureux que tu ne sois pas mon père. »

En guise de réponse, il avala plusieurs verres d'affilée. Puis il tenta de se lever pour me planter là, mais il perdit l'équilibre et s'écroula de tout son long.

Je le laissai là. Quand il se réveilla et vint me rejoindre sur la véranda où j'étais en train d'examiner le revolver que j'avais acheté, je lui annonçai que ma mère avait appelé et avait l'intention de nous rejoindre.

« Ça non. Jamais de la vie », fit-il d'un ton lugubre en s'appuyant à un portique.

Je rangeai le revolver dans sa boîte et refermai le couvercle.

« Je ne vois pas comment on pourrait l'en empêcher », déclarai-je.

On entendait les criquets, parfois une grenouille qui sautait à l'eau ou une branche morte qui craquait, un oiseau qui s'envolait. C'est à ce moment que j'eus droit à ses premières larmes d'ivrogne, à ses premières lamentations.

Je l'aidai à regagner un fauteuil. Et je passai une partie de la nuit à l'écouter gémir, à l'écouter tousser, à l'écouter énoncer la liste de tous ses malheurs et de toutes les humiliations qu'il s'infligeait par la force des choses. J'en profitai pour monter quelques mouches et regarder la lune se refléter sur le lac, à moins qu'il ne commençât à tirer sur ma chemise pour m'annoncer à quel point il avait honte de lui.

Il avait honte de lui et n'avait pas envie de se montrer en public mais quand je lui certifiai un matin que je n'avais pas l'intention de lui ramener de l'alcool, qu'il n'avait qu'à venir avec moi pour s'en procurer lui-même, il se coucha en chien de fusil sur le siège arrière de la voiture, frissonnant malgré la chaleur, sans prononcer un mot.

Il fit grande impression dans le supermarché. On aurait dit qu'il sortait d'une tombe encore fraîche. Les gens s'écartaient sur son passage et le personnel du magasin fronçait les sourcils, mais comme je le lui fis remarquer, il y avait un prix à payer pour tout. « Au moins, tu ne t'es pas encore pissé dessus, ajoutai-je. Enfin, pas autant que je sache. »

Il dégageait cependant une odeur désagréable. Au bungalow, lorsqu'il vomissait, il avait beau se laver les dents, j'étais obligé de le tenir à distance pendant un moment. Ses vêtements étaient imprégnés d'un aigre relent de transpiration et il marchait pieds nus dans ses chaussures violettes que, sans donner d'explication, il refusait de quitter.

Et les enfants sont sans pitié.

Comme je m'y attendais, Lili refusa de l'approcher. Les deux autres se réfugièrent dans les jupes de Carole qui réprima une grimace quand je lui présentai Vincent.

Il lui tendit une main tremblante qu'elle s'efforça d'effleurer tandis que Lili et les deux autres rebroussaient chemin en échangeant bien fort des remarques désobligeantes à propos de Vincent, comme quoi il leur filait la gerbe et puait comme trente-six cochons, car les enfants sont sans pitié.

Carole employa le mot *épave* à son sujet après que nous l'avions laissé devant un mur de bouteilles comme devant le mur des lamentations, avec ses hontes et ses envies et tout le chaos qui règne dans la tête d'un alcoolique en phase terminale.

« Il a déjà subi deux cures de désintoxication, expliquai-je à Carole. Il a tenu un moment, mais il a replongé.

— Je pense à ta mère, la pauvre.

— Oui, comme tu dis. Elle a fait fort, cette fois-ci.

— Mais tu sais, il y a certaines choses contre lesquelles on ne peut pas lutter.

— Non, je n'y crois pas. Mais en attendant, c'est un sacré problème.

— Et tu passes toutes tes journées avec lui ? Tu ne fais que ça, tu passes tes journées entières avec lui ?

— Il fallait que je trouve un moyen pour les séparer, comprends-tu.

— Oui, d'accord. Mais tu pourrais passer me voir. Tu pourrais trouver le temps de me rendre visite. Je m'ennuie à mourir quand Richard n'est pas là. Et même, je t'avoue. Je t'avoue que même quand il est là… Oh, je sais ce que tu vas me dire.

— Que c'est de l'histoire ancienne. Voilà ce que je vais te dire. »

Elle fit l'étonnée en soupesant un melon.

« Bon, repris-je, merci d'être venue. Je ne dis pas que je ne viendrai pas te voir mais je ne peux pas le prévoir d'avance. Tu vois comment c'est. Mais je viendrai me baigner avec les enfants, un de ces quatre. C'est promis. Mais je ne resterai pas longtemps.

— Tu le fais exprès, ma parole.

— Écoute… Mais toi, quand même, tu me fais rire. Tu es quand même incroyable. Je me suis traîné à tes pieds, ça fait cinq ans maintenant, j'en ai pris plein la figure, vraiment plein la gueule, et tu voudrais simplement claquer dans tes doigts ? Alors celle-là, c'est la meilleure. Celle-là, c'est la meilleure de toutes. »

Je repris toute l'histoire pour Vincent que les cahots du chemin faisaient danser à côté de moi tandis qu'il somnolait avec une bouteille à la main.

« Non, mais tu te demandes parfois si elles sont pas tombées sur la tête, ricanai-je en conduisant nerveusement sur la petite route qui se dandinait dans sa robe lumineuse. Non, mais tu te demandes où elles vont chercher tout ça.

— Roule moins vite, gémit-il. Je suis malade.

— Bien sûr que tu es malade. Tu es *tout le temps* malade. Mais que dis-tu de cette femme qui ose m'engueuler parce que je ne lui rends pas visite ? Tu as suivi l'histoire ? Tu vois un peu ce culot ? »

Il se pencha soudain à la fenêtre et se mit à vomir bruyamment. Des glaires restaient accrochées entre sa bouche et la carrosserie, d'autres lui pendaient au menton. Il en avait les yeux qui coulaient comme des fontaines.

Quand il reprit sa place, je lui tendis une cigarette.

« Elle m'a demandé *c'est quoi cette épave que tu te traînes ?* et j'ai répondu *c'est le type qui doit prendre la place de mon père*. Et je n'étais pas fier de toi, tu sais. »

Il m'a boudé jusqu'à la tombée du jour.

Parfois, je l'entendais parler tout seul, comme s'il était fou. Quand il basculait de son siège — ce qui lui était arrivé au moins trois fois dans l'après-midi —, il mettait un sacré moment avant de pouvoir y retourner, on aurait dit qu'il devait escalader une montagne.

Je l'observais de la véranda, par-dessus un bouquin, tout en prenant un bain de soleil et je sentais que son heure approchait. Chaque jour, il semblait plus lamentable que dans le précédent, et chaque jour était plus lamentable que le précédent.

Quand ma mère appela, le ciel était cramoisi et déjà rempli d'étoiles — Vincent était dehors et vitupérait contre le ciel qu'il menaçait d'un poing armé d'une bouteille.

« Écoute-le, dis-je à ma mère qui s'inquiétait au bout du fil. Étais-tu prête à supporter ça ? Je voudrais que tu le voies en ce moment. Tu ne pourrais même pas l'approcher. »

Elle voulait savoir où nous étions exactement, ce que je m'étais bien gardé de lui préciser pour être tranquille.

« Ça t'avancerait à quoi de savoir où nous sommes ? Qu'est-ce que tu pourrais bien foutre ici, dis-moi ? Écoute, c'est un désastre. Oublie le type que tu as rencontré car il n'existe plus, crois-moi. Tu sais que j'agis pour ton bien. En tout cas, moi je le sais. Et ce type n'est ni ton mari ni mon père, enfonce-toi ça dans le crâne. Au moins le ciel nous a épargné cette épreuve. Maman, rends-toi compte que le ciel nous a épargné cette putain d'épreuve.

— *Maman ?* Il y avait longtemps que tu ne m'avais pas appelée comme ça.

—Tu es ma mère. Je peux t'appeler comme je veux. »

Lorsque Vincent revint sur ses pas, je terminai ma conversation avec elle.

« Je veux pas la voir, lâcha-t-il d'une voix sourde en se laissant choir sur une chaise en teck.

— Ce n'est pas très gentil de ta part. Une femme qui croyait en toi. Une femme qui t'aimait bien. Une femme que tu baisais encore il y a quelques jours. Tu l'as oublié, peut-être ? »

Voyant qu'il accusait le coup, j'insistai.

J'allai même chercher un miroir et je le forçai à se regarder.

Quand il cherchait à me fuir, je le poursuivais et je tournais le couteau dans la plaie. Alors que la nuit était profonde, moite et silencieuse, il entra dans l'eau jusqu'à mi-mollet et je me tus, croyant qu'il allait commettre l'irréparable, mais il fit soudain demi-tour et m'annonça qu'il voulait lui parler.

« Quoi, dans ton état ? lui dis-je. Tu ne tiens plus debout. Qu'est-ce que tu pourrais lui raconter ? Va donc te coucher. »

Puis je composai le numéro de ma mère.

« Il veut te parler. Tu vas voir, il est en pleine forme. »

Je lui tendis l'appareil.

« Flanque-toi plutôt une balle dans la tête », lui conseillai-je.

Sans me quitter des yeux, il colla le téléphone à son oreille. Sa main tremblait, ses lèvres tremblaient. J'entendais la voix de ma mère qui grésillait dans l'écouteur. Je le regardais tituber en grimaçant. J'entendais également le bruit de succion que provoquaient ses pieds dans ses chaussures de cuir détrempées, d'un violet presque noir à présent.

Mais il ne prononça pas un seul mot.

Le lendemain, il essaya de se raser. Je lui expliquai que sa barbe était trop longue et qu'il devait d'abord la raccourcir aux ciseaux. Il en fut incapable.

Après réflexion, je me levai et m'attelai à la tâche en silence. Bravant la chaleur, quelques types cuisaient dans leur barque au milieu du lac, faisant siffler leurs lignes dans l'espoir d'attraper quelque chose, n'était-ce qu'un peu de tranquillité ou de solitude avant que femme et enfants ne rappliquent. L'endroit se trouvait à moins d'une heure de la ville, mais ça semblait leur suffire. Quand je les croisais dans le village, ils auraient été incapables de me dire qui ils étaient, j'en avais l'impression.

Vincent et moi n'avions même pas été fichus d'utiliser le magnifique matériel de pêche dont je nous avais pourvus — mon père ne m'avait jamais emmené pêcher et j'avais effectué tous ces achats en ayant cette idée en tête comme le dernier des imbéciles heureux, comme un type atteint d'une navrante et récurrente surdose de sentimentalité. Chaque fois que je lui en parlais, quand il n'était pas en train de vomir, de cracher son foie par petits morceaux, d'éviter la lumière du jour en restant enfermé dans sa chambre aussi sombre que la tanière d'un bouc aux yeux rouges, quand il n'était pas en train de pédaler dans le trente-sixième dessous en se frappant la poitrine, il repoussait mon offre avec une grimace.

« Mais enfin, tu ne te sentiras pas plus mal, insistais-je. Plutôt que de rester là à tourner en rond. Essayons au moins d'en profiter un peu, puisque nous y sommes. »

Jouer aux cartes ne l'intéressait pas davantage — en fait, je m'aperçus qu'il n'y comprenait plus rien, qu'il n'arrivait même plus à tenir un jeu dans la main. Il n'avait pour distraction que ses émissions religieuses, ses documents animaliers, mais il ne pouvait les suivre très longtemps — il s'affaissait, il dégringolait sur le plancher ou il restait les yeux grands ouverts sans rien voir.

« Quand j'étais jeune, lui dis-je, mon père m'emmenait à la pêche. »

Je remballai les instruments de barbier pendant qu'il s'examinait.

« Je sais que c'est difficile à croire, déclarai-je. J'imagine ce que tu dois ressentir. J'imagine ce qui doit te passer par la tête. Mais qui peut encore quelque chose pour toi ? »

Je revins à la charge dans l'après-midi :

« Bon, j'ai tout préparé. Tout est dans le canot. Alors ne fais pas ta mijaurée. Viens avec moi. J'ai mis des bières dans la glacière. »

Au moment où il allait enfin embarquer, Carole arriva.

« J'ai réfléchi à ce que tu m'as dit l'autre fois, fit-elle sur un ton grave. Et je crois que c'est de l'orgueil mal placé.

— Carole ? Mais qu'est-ce que tu fais là ? Où sont les enfants ?

— Ne t'inquiète pas pour les enfants. Ne sois pas toujours en train d'esquiver la discussion. C'est une vraie maladie, chez toi. »

Je grimpai à bord en poussant Vincent devant moi.

« Vous allez où ? »

J'empoignai une rame et nous écartai de la rive.

« Hein, vous allez où ? »

Ça ne tournait vraiment pas rond, chez elle. Je la considérai un instant, encore toute fraîche émue de son escapade, puis je m'arcboutai sur les rames.

« Toi, tu as un sérieux problème, me lança-t-elle. Tu ferais bien de te faire soigner. »

Je baissai la tête pour sourire. Pour qu'elle ne pense pas que je me moquais d'elle.

Puis le soleil disparut derrière les sapins et Vincent émergea du sommeil comateux où il avait sombré depuis notre départ. Je l'avais coiffé d'un chapeau de toile et l'avais longuement comparé à une photo de mon père. À plusieurs reprises, je m'étais penché sur lui afin de le réajuster sur son crâne, de manière que la ressemblance fût la plus parfaite possible et j'en étais étourdi.

« Tu m'as tellement manqué, murmurai-je. Tu nous as tellement manqué. »

Mon père était mort depuis vingt ans et je versai mes premières larmes au milieu d'un lac entouré de bois sombres.

Vincent ne s'en émut pas. Je lui lançai rageusement notre sac de sandwiches à la tête, mais plus rien ne pouvait l'atteindre.

Puis je me ressaisis. « C'est bon. Ça va amorcer », soupirai-je en observant nos tranches de pain de mie flotter à la dérive.

Lorsque nous accostâmes, le ciel brûlait comme un incendie au-dessus des forêts et le lac miroitait comme du vin dans une coupe.

J'étais encore profondément bouleversé par ma douloureuse expérience. Néanmoins, je m'employais à reprendre le dessus. Je bus quelques verres avec Vincent pendant que je préparais le repas.

Il se plaignait des moustiques. Bizarrement, ils semblaient foncer droit sur lui, à tel point que je me demandais s'ils ne préféraient pas l'alcool pour se précipiter sur cette éponge comme la pauvreté sur le monde. J'allai chercher la bombe pour vaporiser la pièce et ne plus l'entendre grogner.

«Tu as touché au revolver?» fis-je en remarquant que sa boîte avait changé de place.

Je n'écoutai même pas sa réponse. J'attrapai la boîte et la plaçai en évidence sur la table. Je balançai le couvercle.

« Je ne t'ai jamais empêché d'y toucher », lui dis-je.

Il ne le toucha pas. Il se contenta de le fixer en essuyant ses paumes sur les cuisses de son pantalon, puis il se laissa choir sur une chaise. Je me remis à actionner la bombe. Peut-être le produit était-il nocif à certaines doses. Peut-être la santé de Vincent avait-elle décliné davantage que je ne l'avais cru. Quoi qu'il en soit, il fut pris d'une toux violente, qui dura de longues minutes malgré l'air pur qu'il retrouvait sur la véranda. J'étais sûr que nous allions réveiller les voisins d'à côté tant ses expectorations étaient violentes et abominables. Et de fait, une lumière s'alluma dans les bois et des chiens continuèrent d'aboyer dans l'obscurité.

« Tu es la plus mauvaise chose qui lui soit arrivée. Est-ce que tu le sais ? lui lançai-je par-dessus la table alors que nous ne disions rien depuis plusieurs minutes. Tu es la pire des merdes qui ait jamais croisé son chemin. »

Et comme j'avais bu moi aussi, j'ajoutai, en l'empoignant et en le secouant avec une rage qui m'étonna moi-même, qu'il avait brisé nos vies et qu'il pouvait retourner en enfer.

Sur ce, je le lâchai et sortis prendre l'air pour me calmer.

J'attendis que le sang cesse de battre à mes tempes.

Puis, sachant que je n'avais pas la force de retourner à l'intérieur, je grimpai dans la barque et m'éloignai du bord.

Ce fut une bonne idée car je pus employer toute mon énergie à manœuvrer les avirons comme un forcené, à tirer sur tous les muscles de mon corps pour leur permettre de se libérer de l'excès de tension qui les électrisait.

Vers le milieu du lac, je m'accordai une pause. Je soulevai les rames et les écoutai s'égoutter en inspectant les rives silencieuses. Je ne m'attendais pas réellement à entendre un coup de feu, mais je dressais néanmoins l'oreille. En même temps, je ne comprenais pas comment j'en étais arrivé là, comment je pouvais être con à ce point.

J'appelai ma mère. Je lui racontai que tout allait bien et que je serais bientôt de retour en ville.

« J'agis pour le mieux, tu le sais. Alors pense à autre chose. Demande à Olga de te sortir un peu. »

Il n'y avait plus une ride sur le lac. Il s'était refermé sur ma trajectoire pendant que je parlais avec ma mère. J'étais heureux d'échanger quelques mots avec elle, de sentir qu'elle n'était pas trop loin.

« Peut-être qu'un jour, je publierai le récit de tes aventures », fis-je pour plaisanter.

La lune brillait, le ciel était dégagé. Je la quittai en espérant que cette histoire n'allait pas trop l'éprouver, de quelque manière qu'elle finisse.

Je passai un moment allongé dans le fond de la barque, à regarder le ciel, à me demander ce qui pourrait pousser un homme à se faire sauter la cervelle, si avoir brisé d'autres vies était une raison suffisante.

Puis, quand je me redressai, je mis le cap sur la maison de Carole.

« Tu tombes bien, me dit-elle. Il y a un rat dans la maison. Derrière le réfrigérateur. »

Je n'étais pas vraiment en état de chasser le rat au milieu de la nuit, mais elle me tendit fermement la pelle qu'elle tenait entre les mains.

« Donc, derrière le frigo, tu dis. »

Elle acquiesça. Elle était en pyjama. Nous nous dirigeâmes vers la cuisine.

« Okay. Tu tires le frigo et je l'assomme. On va faire comme ça. »

Ensuite, nous allâmes l'enterrer dans le jardin. Carole n'en voulait pas dans sa poubelle et ne voulait pas que j'utilise le broyeur. Je tenais l'animal par le bout de la queue pendant qu'elle réfléchissait au meilleur endroit pour l'ensevelir, quand il ressuscita. Il poussa un couinement sinistre. Je faillis me sentir mal. Je le lâchai immédiatement et il disparut dans les fourrés, mais je dus m'appuyer contre un arbre.

Carole me demanda si j'avais vu un spectre.

« Tu l'as lâché. C'est malin. Il ne fallait pas le lâcher, me reprocha-t-elle en remontant vers la maison. Maintenant, tout est à refaire. »

Pour commencer, je ne devais plus l'appeler Lili, ce qui était tellement ridicule, mais Lilian. Et je devais lui foutre la paix, d'une manière générale.

Je ne devais pas entrer dans sa chambre sans prévenir, je ne devais pas m'occuper de ses affaires, je devais la *laisser tranquille*.

« Tu m'excuseras, mais *Lilian*, c'était une idée de ta mère. Je ne vais pas me mettre à t'appeler *Lilian* du jour au lendemain. »

Je devais cesser de l'espionner.

« J'en crois pas mes oreilles », j'ai dit.

Je devais arrêter de fourrer mon nez partout. Arrêter de lui demander si elle prenait bien la pilule, si quelqu'un l'emmerdait, arrêter de vouloir la conduire à la fac.

« C'est sur mon chemin. Mais ça doit pouvoir s'arranger. »

Je ne devais pas lui dire comment s'habiller, qui elle devait voir.

Je ne devais rien lui dire du tout.

« D'accord. Mais *Lilian*, je ne vais pas y arriver. »

L'hiver était tombé rapidement et il neigeait en décembre. Je n'arrivais pas à pointer le moment exact où mes relations avec ma fille avaient changé, mais le fait était là.

Je m'y étais préparé. Je savais qu'un père y est toujours confronté un jour ou l'autre. Je m'y attendais. Toutes ces histoires familiales pas nettes, j'y étais abonné. Je voyais venir les choses de loin.

Je m'y étais préparé au cours de longues balades, ou seul, dans l'appartement vide, quand elle commençait à prendre ses aises avec les horaires — et qu'elle m'envoyait promener d'un haussement d'épaules.

Je m'attendais à ce que le fantôme de sa mère se dresse entre nous.

Elle était enceinte de Lili quand elle avait trouvé la mort dans une explosion, provoquée par une fuite de gaz. Je ne m'étais pas très bien entendu avec elle.

Elle était mannequin. Ensemble, nous prenions des drogues et nous allions à des soirées où les couples attrapaient du plomb dans l'aile. Un jour, Lili était tombée en extase devant une pile de vieux magazines et je lui avais présenté sa mère dans ses œuvres. Lili avait adoré.

C'était peut-être ce moment-là. Celui-là ou un autre.

En attendant, je ne devais plus lui casser les pieds et elle a claqué la porte de sa chambre à la volée.

Quelle que fût la raison pour laquelle nous nous étions heurtés, il était clair qu'à présent, la moindre étincelle pouvait se terminer en effroyable incendie et j'avais beau y être préparé, je ne le vivais pas très bien.

Je me suis servi un verre. J'ai laissé passer quelques minutes et je suis retourné la voir.

« Écoute, lui ai-je dit, j'ai cru longtemps que tu serais la seule femme au monde avec laquelle tout se passerait bien. Mais j'ai changé d'avis. Je me suis rendu compte que je me trompais. Tu peux me regarder quand je te parle. »

Elle a pivoté sur son siège à roulettes comme s'il était équipé de fusées.

« J'ai dix-huit ans. Je suis majeure. »

Sa mère était du genre têtu. Elle aurait préféré se laisser noyer dans la piscine plutôt que de lâcher prise.

« Je t'ai déjà expliqué que le problème n'était pas là. Que tu sois majeure ou pas, le problème n'est pas là. Le problème, c'est qu'il en a soixante. Est-ce que tu me suis ?

— Et alors, *il en a soixante* ? De quoi tu te mêles ?

— Excuse-moi, Lili, mais il y a des limites.

— Je veux que tu m'appelles *Lilian*. Tu es sourd ?

— Tu veux savoir ce que je pense ? Un type comme ça, il faudrait l'enfermer. Et je crois avoir l'esprit large. Un type marié, en plus de ça. Il faudrait l'abattre, moi je te le dis.

— Sors de ma chambre.

— Ne m'oblige pas à aller le trouver pour que je lui parle.

— Fais ça et je quitte la maison.

— Ne m'oblige pas à aller lui dire deux mots. C'est tout ce que j'ai à dire. »

Je suis retourné dans le salon pour regarder la neige tomber. De tout petits flocons très fins, comme de la poudre. Ensuite, je suis allé mettre un gratin congelé au four.

Nous l'avons mangé en silence.

Puis, je lui ai dit : « Je croyais que tu serais la seule femme au monde qui ne m'apporterait que de bonnes choses. Tu vois comme on peut se tromper. »

J'étais devenu, par le plus grand des hasards, principal actionnaire d'une petite maison d'édition — dont officiellement je tirais mes revenus — et nous avions une douzaine d'auteurs au catalogue, parmi lesquels Charlotte Blonsky qui me demandait toujours des à-valoir sans commune mesure avec ses ventes — tous ces auteurs ont au fond d'eux-mêmes une âme de requin. Et en l'honneur de Charlotte Blonsky, quelques mois plus tôt, par pure bonté d'âme, nous avions organisé un petit cocktail à la librairie pour fêter la sortie de son nouveau livre, *L'amant étranglé*, dont mes co-actionnaires, Corinne et Sandra, étaient folles — elles avaient affiché sa photo sur les murs de la librairie.

Le mari de Charlotte était un type d'une soixantaine d'années *en blazer* — ça existait encore ? — bleu marine avec des boutons dorés. Il avait également un foulard dans sa chemise. Personne n'aurait pu penser que ces gens se baladaient toujours en liberté. Et pourtant, les femmes l'entouraient. Georges Blonsky. Un homme qui arrivait d'une autre planète.

« Est-ce que tu dis ça pour plaisanter ? avais-je interrogé Lili sur le chemin du retour. Alors tu trouves qu'il a du charme. Que ce Georges Blonsky a du charme. C'est sa tenue de rappeur qui t'inspire ? »

Je l'avais considérée en souriant car je commençais à être habitué à l'entendre dire le contraire de ce que je disais.

Puis j'avais fini par lui faire : « Non, mais tu parles sérieusement ? Tu es en train de te payer ma tête ou quoi ? »

Je devais découvrir que non. Je devais découvrir que ce soir-là, Georges Blonsky avait séduit ma fille.

Il n'était pas le premier, la question n'était pas là. Elle prenait ce qu'il fallait depuis déjà deux ans, comme la plupart de ses copines — au moins, je n'étais pas le seul père à serrer les dents, à recevoir ce fichu coup de marteau auquel on espérait échapper —, et elle en savait là-dessus certainement autant que moi. La question n'était pas là.

J'ignorais où elle était au juste quand j'y réfléchissais à tête reposée. Il m'arrivait même parfois de prendre assez de recul et de me dire que la situation n'était pas si terrible que ça. Mais quelque chose ne passait pas.

Un soir, je suis allé à une soirée que donnait Charlotte Blonsky. En général, j'évitais ce genre de réunion comme la peste car on y rencontrait de nombreux écrivains et je ne courais pas vraiment après leur compagnie. Ils me fatiguaient vite. Je restais dans mon coin jusqu'à ce qu'on vienne me chercher pour me déverser des flots de chinois sur la tête, sans doute la gestation d'un nouveau livre ou le résumé d'une conférence qu'ils ont donnée dans le Vermont ou à Sydney, faisant salle comble.

Mais la soirée de Charlotte Blonsky, je tenais à y assister.

Il y avait du monde, beaucoup de monde. J'ai remarqué qu'il y avait des tableaux de valeur aux murs tandis que je passais d'une pièce à une autre dans le sillage de Georges Blonsky en attendant de pouvoir lui adresser la parole. Je n'avais pas la moindre idée de ce que j'allais lui dire, ni même si j'allais lui parler. Je me contentais de le suivre en grappillant quelques petits sandwiches qui se présentaient à droite ou à gauche, proposés par de charmantes soubrettes en jupes noires extra-courtes, ainsi que quelques coupes de champagne.

Je serrais également des mains mais je ne percevais que le ronronnement des conversations, je ne parvenais pas à détacher mon regard de l'homme au blazer qui s'envoyait ma fille. Parfois j'étais presque contre lui et je pouvais voir les pores de sa peau, sentir son parfum, frôler l'étoffe de son blazer.

Pour finir, je me suis présenté.

« Enchanté. Je suis le père de Lili. »

Je lui ai tendu la main. Sans se démonter, il l'a serrée.

« Je sais. Nous nous connaissons.

— Pas si bien que ça, ai-je répondu en me concentrant sur la terrible sensation que provoquait le contact de sa peau contre la mienne. Pas si bien que ça, cher ami. »

Incapable de continuer, je l'ai laissé aller. Par une fenêtre ouverte, j'ai glissé ma main dehors et l'ai enfouie sous la neige accumulée sur le rebord, une couche de plusieurs centimètres qui est devenue brûlante. Comment osait-il ? D'où lui venait cette assurance qu'il avait encore droit à quelque chose ? À de la chair fraîche, *à la chair de ma chair* ? Vraiment, ça ne passait pas. J'avais vu ce que j'étais venu voir d'un peu plus près, j'avais touché cette main répugnante.

Plus tard, à moitié ivre, j'ai arrêté Charlotte entre deux portes.

« Il faudra que je te parle de ton mari, lui ai-je dit.

— Mon chéri, le sujet est épuisé depuis longtemps. »

Je suis resté un moment à regarder les jeunes soubrettes qui s'égaillaient comme des moineaux d'un groupe à l'autre. Il aurait suffi de tendre la main pour les attraper. Le problème était là. Comment savoir ce qu'il se passait dans leurs têtes ? Comment Lili avait-elle pu poser les yeux sur Georges Blonsky ?

Je suis parti à sa recherche.

Quand je l'ai trouvé, il était dans un couloir.

« Je ne me sens pas bien, m'a-t-il déclaré.

— Eh bien comme ça, nous sommes deux. Je suis ravi de l'apprendre. »

Il se tenait la poitrine et roulait des yeux, mais le couloir tournait également autour de moi. J'ai appuyé mon épaule sur le mur.

« Maintenant, écoutez-moi bien… », ai-je commencé.

Je l'ai retenu parce qu'il allait tomber.

« Maintenant, ouvrez bien vos oreilles… »

Et il est mort dans mes bras, d'une attaque. Il a poussé son dernier soupir entre mes bras. Il se cramponnait encore à moi quand je l'ai laissé glisser sur le sol. Son vieux cœur avait lâché brusquement.

Pour commencer, j'ai été rassuré sur un point : Lili ne faisait pas une fixation sur les vieux. J'ai été soulagé lorsque, après les fêtes, j'ai découvert qu'elle sortait avec un garçon qui avait encore toutes ses dents et portait des vêtements normaux.

Mais j'ai rapidement déchanté.

En fait, la mort de Georges Blonsky l'avait plus durement affectée que je ne l'avais supposé. Elle refusait de m'en parler et évitait même, dans la mesure du possible, toute espèce de conversation avec moi. Le soir, quand elle ne restait pas enfermée dans sa chambre sous prétexte qu'elle n'avait pas faim, j'avais toutes les peines du monde à établir un contact avec elle. Je la trouvais pâle, toujours ailleurs, les cheveux dans la figure quand nous regardions les informations, si bien que mes commentaires sur le chaos qui s'installait tranquillement autour de nous, de quelque côté que l'on se retournât, ne recevaient aucun écho. Je l'entendais parler au téléphone en pleine nuit ou la trouvais endormie en plein jour. Sur ses conseils, j'évitais pourtant de lui adresser certaines remarques. Je sentais que l'un de nous deux devait garder la tête froide.

Son petit ami, il m'a fallu quelques jours avant de pouvoir le situer quand j'ai pris la décision d'en savoir davantage. Lili et moi avions passé un mois de janvier terrifiant de mon point de vue, à demi ensevelis sous la neige qui était tombée de façon inhabituelle et plus distants que deux étrangers de confession religieuse différente. Ses tiroirs étaient fermés à clé. Elle fuyait mon regard. Elle me mentait. Faire trois pas dans la rue avec moi semblait au-dessus de ses forces.

« Et ce Dimitri ? l'avais-je questionnée un soir où je l'avais traînée au restaurant en échange de quoi j'avais promis de renflouer sa carte bleue. Ce Dimitri, si tu m'en parlais un peu ? »

Je lui avais saisi le poignet pour l'empêcher de quitter notre table alors que nous n'en étions qu'aux hors-d'œuvre et que j'avais commandé un très bon vin pour lui redonner des couleurs. J'avais réussi à la retenir en lui jurant que j'allais changer de sujet, serment dont je m'étais brillamment acquitté en me mordant les lèvres à plusieurs reprises.

Au retour, j'avais tenté de lui lancer une boule de neige mais elle l'avait prise en pleine figure et nous en étions restés là.

J'avais dû me débrouiller tout seul pour en savoir un peu plus à propos de Dimitri. Je l'avais suivi. J'avais fait le pied de grue devant la fac plusieurs jours d'affilée, rencogné à l'angle de la rue dans un vent glacial, soufflant sur mes doigts avant qu'ils ne tombent en poussière, un bonnet de laine rabattu sur les oreilles et fumant par tous les trous comme une locomotive. J'en avais les yeux qui pleuraient, le bout des pieds qui me faisait mal. Pour m'apercevoir, les lèvres bien gercées, que le gars en question, le fameux Dimitri, n'était pas inscrit à la fac. Ça commençait bien. Je débarquais à la librairie, tremblant comme une feuille violacée et ma mère se demandait si je faisais bien de m'investir autant dans cette histoire. Nous nous disputions un peu le radiateur, puis j'y retournais. Je regardais aussi toutes ces filles qui avaient l'âge de la mienne et je savais que j'étais encore loin de la réalité.

Quand j'en ai eu assez, quand mort de froid un matin, j'ai fini par comprendre que certaines choses ne seraient jamais en mon pouvoir, j'ai forcé un tiroir de Lili — je pouvais faire ça proprement quand je le voulais — et j'ai trouvé son adresse — il me semblait presque, au demeurant, que ce m'était un dû.

Il habitait chez ses parents. Il était chanteur dans un groupe.

Un soir où Lili restait à la maison, je me suis relevé vers minuit et je suis allé l'écouter dans une cave en buvant de la bière tiède au milieu des zombies du coin — certains écrivains s'y produisaient quelquefois, ils montaient sur la scène et c'était parti pour une séance de lecture à tomber à la renverse.

Il ne m'a pas fait très bonne impression. Loin des étonnantes expérimentations vocales d'une Maja Ratkje dont j'étais l'un des fervents admirateurs, Dimitri se contentait de me casser les oreilles sur des textes de son cru. Ça ne valait pas grand-chose, à mon avis. Néanmoins, par acquit de conscience et ayant raflé deux aspirines au bar, j'ai attendu la fin de son concert car on ne savait jamais, Dimitri pouvait très bien être consacré par les journaux du lendemain, tout était possible, encensé par telle ou telle avant-garde. Je suis donc resté jusqu'au bout en essayant de garder l'esprit ouvert, en me demandant s'il y avait un entracte, en faisant signe que je n'entendais rien quand on m'adressait la parole, en échangeant des regards avec une fille dont j'aurais pu être le père, ce qui ne semblait pas l'inquiéter et peut-être même l'excitait. Une jolie fille, cependant.

Qui un peu plus tard se pendait au cou de Dimitri et prenait un verre sur ses genoux en s'agitant comme une anguille. Je voyais ce que ça donnait. Ce n'était pas que je regrettais Georges Blonsky, il y avait une marge, mais je voyais sur quel terrain se déroulait la partie à présent, et je me gardais bien d'applaudir. J'aurais préféré tomber sur un milieu plus sain. Des créatifs, j'en croisais tous les jours, je les côtoyais, je les emmenais parfois au restaurant où j'en rencontrais d'autres, et je voyais bien comme ils vivaient, leur étrange caractère, leurs mœurs dissolues. Surtout chez les jeunes, avant qu'ils ne commencent à pouvoir signer des chèques.

Je comprenais pourquoi Lili ne mangeait plus, pourquoi elle était pâle.

À trois heures du matin, par une température extrême, j'observais pensivement Dimitri qui pénétrait dans un pavillon de banlieue.

Plus tard, en poursuivant mes recherches, j'ai découvert que le père de Dimitri qui était agent d'assurances, avait été autrefois le chanteur des Diablos, mon groupe préféré lorsque j'avais seize ans.

Ma mère se souvenait parfaitement d'eux. Je n'aimais pas beaucoup me souvenir de cette période avec elle car nous avions assez souffert d'une histoire qu'elle renfermait et qui ne s'éloignait que lentement, malgré trente années de distance. Mais ce n'était pas tous les jours que l'on tombait sur un type qui avait marqué votre adolescence et baissé son pantalon sur scène en jouant avec les Diablos.

Quelques années plus tôt, ma mère avait vécu brièvement avec un homme et depuis, mes anciennes affaires étaient toujours dans sa cave. J'y ai retrouvé avec émotion tous mes vinyles. Mes cinq trente-trois tours des Diablos à peine défraîchis.

Nous les avons écoutés. Olga, une amie de ma mère, est arrivée à ce moment-là, le visage encore tuméfié par un second lifting.

« Mon Dieu, les Diablos, a-t-elle soupiré. ÇA, c'est une vraie cure de jeunesse. »

Sonia, la mère de Lili, ma défunte femme, avait un genre particulier.

« Je ne te dis pas que ça me gêne, ai-je déclaré à ma fille alors qu'un vent terrible soufflait au-dehors. Je trouve que ce n'est pas ton style, c'est tout. »

C'était un soir de février, particulièrement sombre et humide. Lili s'était plongée dans des malles — tout était de ma faute — et elle s'habillait avec les affaires de sa mère. Je ne savais pas ce qu'il lui prenait et je me suis bien gardé de le lui demander. Je la regardais aller et venir entre sa chambre et le salon où j'étais enfoncé dans mon fauteuil, incapable de lire mon journal car elle m'interrompait à tout instant pour me faire admirer ses nouvelles tenues.

« Dis-le, si ça te gêne.

— Non. Encore une fois, ça ne me gêne pas du tout. »

Jusque-là, Lili portait plutôt d'informes pantalons et des pulls qui lui tombaient sur les mains, sans parler des chaussures, de ses immondes baskets, et la voilà qui surgissait en tailleur, avec des bas et des talons hauts, la voilà qui tournait devant moi en minijupe avec un corsage léger.

« Est-ce que je lui ressemble ? a-t-elle fini par m'interroger.

— Non. Pas vraiment.

— Et en quoi je lui ressemble pas ? »

J'avais passé l'âge de jouer à ces jeux. Je m'efforçais de tenir bon la barre avec elle mais parfois, secoué comme par le vent qui s'engouffrait à cet instant dans la rue et faisait vibrer la baie, j'avais envie de baisser les bras, j'avais envie d'avoir la permission de ne pas entrer dans son histoire.

« Commence par arrêter de la surveiller, m'a conseillé ma mère.

— Je t'en prie. Ne mélange pas les choses.

— Écoute, ça va lui passer.

— Je suis censé avoir un minimum d'informations sur la vie de ma fille. Je ne veux pas tomber des nues un beau matin. Avec toutes les histoires qu'on entend. Tu le verrais ce Dimitri, tu te demandes s'il voit la lumière du jour de temps en temps.

— Tu préférais sans doute le mari de Charlotte ?

— Je ne préférais rien du tout. Ne te mets pas de son côté. »

Ma vie sentimentale était en déroute depuis de longues années, ça je l'acceptais et je ne m'en prenais qu'à moi-même. C'était une autre histoire. Mais je n'aimais pas ce que me préparait Lili, je n'aimais pas le serpent qui se glissait entre nous et je n'aimais pas non plus l'attitude de ma mère qui commençait à s'armer contre moi depuis que ma fille partait à la dérive. À elles deux, elles formaient une puissante tenaille. Je prenais soudain conscience qu'elles s'étaient passé le relais, de fil en aiguille. Je me demandais quel temps j'aurais bien pu consacrer à une femme dans ces conditions. Mais c'était une option que je devais oublier, me semblait-il.

Ma mère pensait que Lili était une adulte, à présent, mais un soir, vers onze heures, j'ai reçu un appel au secours. « Je ne sais pas ce que j'ai. Je saigne de partout. »

Elle pleurait au bout du fil. Je voulais savoir d'où elle saignait exactement mais elle était incapable de tenir des propos cohérents. « Viens me chercher », gémissait-elle.

J'ai fini par lui arracher qu'elle se trouvait à une station de métro, non loin de là.

J'étais persuadé qu'on l'avait poignardée. Je traversai en courant les rues où soufflait un air glacé et cette image me hantait, je revoyais soudain sa mère étendue à côté de moi dans l'ambulance et qui agonisait.

Il faisait si froid que les passants étaient rares. Les trottoirs étaient encore bordés de petits monticules de neige grisâtre, dure comme du bois. J'étais convaincu qu'on l'avait agressée et qu'elle était en train de s'effondrer.

Elle se tenait le menton, le sang coulait entre ses doigts.

Au moins, elle était contente de me voir.

Je l'ai prise dans mes bras en inspectant la rue de haut en bas, à la recherche d'une ombre ou d'un type embusqué.

Elle semblait complètement égarée. Elle prétendait qu'elle avait glissé mais elle ne retrouvait plus sa plaque de verglas. Comme elle vacillait sur ses jambes et ouvrait de grands yeux étonnés sur la rue, je lui ai demandé ce qu'elle avait pris, mais tout ce qu'elle savait dire était qu'elle avait glissé.

Vers une heure du matin, nous sommes sortis de l'hôpital avec six points de suture.

« Et personne ne s'arrêtait, m'a-t-elle raconté. Tout le monde s'écartait de moi. J'aurais pu être en train de mourir.

— Mais quand même, lui ai-je dit, ce genre de truc t'arrive maintenant. Depuis que tu te crois une grande personne. Ça ne t'est pas arrivé au cours de toutes ces années, ça t'arrive maintenant. C'est une drôle de coïncidence. »

Nous étions dans la cuisine en train de partager un paquet de chips. Je reconnaissais les affaires de sa mère et elles étaient maculées de sang.

« Tu dis vraiment n'importe quoi, a-t-elle soupiré.

— N'empêche que c'est moi qui suis là quand ça va mal. Ça me donne le droit de m'interroger.

— De t'interroger sur quoi ?

— Sur *quoi* ? » ai-je fait en lui souriant.

Les dernières traces de neige se sont évanouies à la mi-mars. La nuit ne tombait plus comme un couperet et des feuilles s'ouvraient sur les marronniers avec une étonnante vitesse. Les jours étaient plus longs.

J'avais éprouvé une terrible déception en rencontrant le chanteur des Diablos. C'était un homme presque chauve à présent, un homme tellement amer et tellement odieux avec sa femme que je suis reparti avec mes vinyles sans même les lui faire signer.

« Je ne veux pas que ce type entre dans la famille, ai-je déclaré. Ou alors, ce mariage se fera sans moi. »

Puis les préparatifs se sont précipités.

J'ai profité de la pagaille qui régnait pour me saouler tranquillement et définitivement, certains soirs, au regard de la situation. J'avais rencontré une force supérieure à la mienne. Toutes mes remarques avaient été balayées, mes réticences ignorées, et je n'étais plus qu'un spectateur impuissant devant cette machine infernale en marche, devant ce rouleau compresseur d'aveuglement et d'entêtement invraisemblables que conduisait ma fille, qu'elle chevauchait comme une invincible monture de feu.

À quelques jours de la cérémonie, j'étais au bord de la catatonie, je ne voulais plus voir personne. Puis j'ai fini par ouvrir les fenêtres et j'ai vu des arbres verts, j'ai entendu des oiseaux. Et j'ai appelé Lili pour lui dire que j'avais réfléchi et que je ne voulais plus m'engueuler avec elle, ni me battre à l'avenir, ni critiquer ses décisions.

Car le printemps arrivait.

Avant le mariage, le père de Dimitri et moi avons eu une discussion à propos de l'aide financière que nous allions accorder au jeune couple.

« Mais qu'est-ce que tu fous là ? lançait-il à sa femme lorsqu'elle arrivait dans les parages. Tu ne vois pas que nous parlons ? »

Elle semblait passer ses journées à ratisser le jardin ou à faire briller les meubles. Jusqu'au jour où je lui ai dit : « Mais pourquoi vous laissez-vous traiter de cette façon ? »

C'était une femme d'une quarantaine d'années qui baissait toujours les yeux.

« Il n'a pas toujours été comme ça », m'a-t-elle répondu.

J'avais encore en tête l'image d'un type aux cheveux oxygénés qui fracassait sa guitare sur le sol. J'en étais écœuré. Qu'il soit devenu cette espèce de bureaucrate irascible, une vraie terreur dans son foyer, m'écœurait profondément. Je me sentais trahi par les Diablos, bafoué par leur leader dans son chandail Ralph Lauren, par sa piteuse reconversion.

J'avais son poster au-dessus de mon lit et je les écoutais du matin au soir. Ma mère entrait dans ma chambre en se bouchant les oreilles. Elle entrait chez moi comme dans un moulin. J'avais beau lui dire de frapper avant d'entrer, elle s'en fichait. « Je suis ta mère. Je t'ai mis au monde. » Elle venait s'asseoir et me caressait la tête pendant que les Diablos continuaient à faire trembler les murs.

J'ai ajouté : « Évelyne, je sais que ça ne me regarde pas, mais comment faites-vous ? »

Depuis que ma mère et ma fille ne semblaient plus avoir besoin de moi, je pouvais m'intéresser aux autres.

Cette conversation s'est terminée dans mon lit, au milieu de l'après-midi, et franchement nous n'y avons rien compris. Ni elle ni moi.

Rassemblant ses vêtements contre sa poitrine, elle est sortie du lit à reculons en m'adressant un sourire gêné. « Évelyne, écoutez, je suis désolé... », ai-je soupiré en songeant à tout ce que nous venions de faire et que nous ne pouvions rattraper.

Elle avait les joues rouges de confusion. Elle s'est rhabillée avec des gestes maladroits pendant que je me grattais la tête.

Chaque fois que nous couchions ensemble, Évelyne semblait dans un état second. Elle tombait dans mes bras comme une femme ivre puis s'abandonnait complètement. Nous n'échangions pour ainsi dire aucun mot.

Ensuite, quand l'affaire était terminée, elle restait immobile un instant, les yeux fixés au plafond, elle s'accordait une minute pour reprendre son souffle. Je voyais l'expression de son visage qui changeait, je la voyais redevenir ce qu'elle était, une femme qui considérait que l'adultère était un péché, une femme qui ne sortait pas de chez elle et qui venait de basculer dans un univers effrayant.

Elle avait fini par obtenir que le mariage se déroule à l'église. Il y avait tant de culpabilité dans son expression quand elle se rhabillait, qu'on en frémissait pour elle.

Puis un soir que je regardais tranquillement les informations, j'étais en pyjama avec un verre à la main, profitant du canapé pour moi tout seul, Lili est arrivée comme une furie, elle a foncé droit sur moi et sans le moindre mot, sans la moindre explication, elle a commencé à me frapper avec son sac.

Les coups tombaient si vite que j'en suis resté abasourdi une minute.

« Mais c'est pas vrai. Tu n'as pas fait *ça*. Espèce de salaud. »

Elle grimaçait comme un démon.

Le lendemain matin, j'ai débarqué chez elle.

J'ai ri intérieurement en constatant le désordre dans lequel elle vivait avec son mari tout neuf, elle qui avait toujours si bien rangé sa chambre.

Puis je lui ai dit que je comprenais sa réaction et que je la méritais. Je trouvais que c'était une bonne entrée en matière.

« Mais à part ça, ai-je ajouté, je ne vois pas bien où est le mal. En dehors du fait qu'elle soit ta belle-mère, bien sûr. Mais ça mis à part. Soyons honnêtes, ces choses-là arrivent tous les jours. »

Elle a pris une cigarette et je lui ai donné du feu. Une fois mariées, les filles considèrent leur père comme un fardeau à porter, ni plus ni moins.

« Mais est-ce que tu n'aurais pas pu *t'en passer* ? a-t-elle soupiré. Est-ce que, *pour une fois*, tu n'aurais pas pu *t'abstenir* ? »

Je lui ai répondu que je la trouvais drôlement sévère avec moi, pour ne pas dire injuste à cet égard. Des aventures, j'en avais eu, d'accord, mais pas énormément.

« Tu veux rire. Tu croyais que j'étais aveugle ? Quand tu te faisais toutes mes baby-sitters l'une après l'autre ?

— Je sais très bien de quoi tu parles. Mais n'oublie pas que j'étais alors un jeune veuf, que la mort de ta mère m'avait laissé sous le choc. Qu'est-ce que tu crois ? Ce n'est pas une raison pour insinuer que je suis malade. Je ne te le permettrai pas. »

Quelque chose en moi semblait encore la dégoûter mais elle avait sans doute épuisé ses ressources au cours de sa démonstration de la veille.

« Je te regarde et je me demande si tu as toute ta raison, m'a-t-elle déclaré en secouant gravement la tête.

— Et toi, est-ce que tout va bien ? »

Elle m'a mis à la porte.

Je suis resté sur le palier. Quand elle s'est décidée à venir me rouvrir, elle avait allumé une nouvelle cigarette et un nuage de fumée bleue flottait dans le studio.

« Elle ne va même plus à l'église, m'a annoncé Lili.

— *Comment ?* Répète-moi ça ? »

J'imagine que je ne m'étais pas encore soucié des conséquences que pouvait entraîner ma relation avec Évelyne — relation dont je peinais même à admettre la réalité, ainsi qu'à lui donner un nom précis tellement c'était spécial, décalé, irrél et stérile. Mais lorsque j'ai appris qu'une vive tension était montée entre elle et son mari, je n'en ai pas été surpris, à la réflexion. Ça ne m'a pas du tout étonné. Je la voyais très bien. Elle qui se mordait les lèvres dans son coin. Elle qui passait des heures sous la douche. Elle qui gémissait dans son sommeil. Elle qui était nerveuse et absente. Et lui qui commençait à trouver la cuisine de son fantôme de femme résolument infecte.

Elle s'était confiée à Lili un jour où il lui avait lancé un plat de légumes bouillis à la tête.

« Comment tu as pu faire une chose pareille. Elle est sur le point de craquer. Tu as carrément saccagé sa vie.

— Elle prend conscience de son sort. Je n'y peux rien. »

J'ai eu droit à une grimace.

« C'était tellement facile pour toi de t'attaquer à elle. Mais ça ne t'a pas arrêté. Ça ne t'a pas arrêté une seconde.

224

— Et tu en penses quoi ? »

Je suis sorti sans écouter ce qu'elle avait à répondre.

Dimitri, qui était un garçon avec lequel je ne partageais pas grand-chose, jurait qu'il allait casser les jambes du salaud dans les griffes duquel sa mère était tombée. Il prenait cette histoire très à cœur. Encore un qui pensait que sa mère était vierge et se trouvait soudain confronté à la dure réalité, et je tournais alors les yeux sur Lili pour lui faire comprendre en quelle estime je tenais son mari — dont l'imbécillité retombait sur elle, de mon point de vue, pour être allée se dénicher un tel spécimen alors qu'il y en avait sûrement quelques-uns de bien, si on se donnait un peu de mal pour les chercher. Je la regardais par en dessous pendant que Dimitri déblatérait ses conneries d'un autre âge, et je savais qu'elle me comprenait très bien. Nous avions passé dix-huit années ensemble, vivant sous le même toit, juste un père avec sa fille durant ces milliers d'heures en tête à tête. Je n'avais pas besoin d'un traducteur pour communiquer avec elle. Et même si elle ne voulait pas l'admettre, elle savait que j'avais raison. Ses yeux me lançaient des flammes mais je n'y pouvais rien si au même instant, son mari était au téléphone avec son père et parlait de l'emmener voir un prêtre ou de la faire enfermer, cette malheureuse Évelyne.

Un matin, j'étais dans le salon du chanteur des Diablos et nous établissions le compte des dépenses que nous engagions pour nos enfants, quand il a déclaré, sans même lever les yeux de sa feuille et d'un ton neutre : « Je crois que ma femme me trompe. Je crois que cette paumée a un amant, figure-toi. »

J'avais envie de lui dire *regarde-toi, regarde ce que tu es devenu*, mais tant qu'il était le beau-père de Lili, je devais éviter de piétiner certains liens, en particulier ceux qui rendaient la vie plus facile.

« Je suis désolé de l'apprendre », j'ai répondu.

Évelyne était en train de passer la tondeuse dans le jardin, zigzaguant légèrement sous le ciel bleu et les arbres en fleurs. Il l'a observée quelques secondes, avec une grimace.

Il a grogné entre ses dents : « C'est le monde à l'envers. »

Lorsqu'elle est apparue, un instant plus tard, on aurait dit un spectre traversant le salon ou un accidenté en état de choc s'éloignant sur le bord de la route. J'exagérais à peine.

La porte de la cuisine s'est refermée sur elle. Il n'en restait plus qu'une odeur d'herbe coupée.

« À moins qu'elle ne soit sous l'influence d'une drogue, a-t-il ajouté. On ne sait jamais. Je ne suis pas toujours derrière elle. »

J'avais juré à Lili de mettre aussitôt fin à cette histoire, mais j'ai revu Évelyne dans la semaine.

Certes, elle ne semblait pas aller très bien : ses traits étaient tirés, sa mine sombre, et elle a inspecté la rue avec un air inquiet avant de se jeter sur moi comme elle ne l'avait encore jamais fait, gémissant d'une voix rauque et complètement déchaînée.

D'une manière ou d'une autre, c'était une vraie famille de fous furieux.

Sexuellement, Évelyne se révélait une partenaire assez étonnante — pour une femme qui fréquentait l'église et que la notion de péché travaillait, léchait de ses petites flammes. Je n'avais pas pris un tel plaisir avec une femme depuis longtemps, je devais l'admettre. J'appréciais le côté interdit et dangereux de la situation, sa tendance au chaos dont on espère toujours tirer de nouvelles cartes. J'aimais ses sous-vêtements de coton, d'une effarante banalité, j'aimais son attitude décidée pendant l'acte sexuel, cette manière de se donner à fond pour être sûre de mériter l'enfer. Autant de raisons pour lesquelles j'hésitais beaucoup à tenir le serment que j'avais fait à Lili sous le coup de la pression. En fait, j'avais besoin de temps pour y réfléchir. J'avais envie de penser un peu à moi, pour changer.

Nous l'avons fait devant la fenêtre. Évelyne accoudée au balcon, secouant la tête de droite à gauche tandis que je m'activais dans son dos et que la rue fourmillait.

« J'ai une plaque rouge sur le front, m'a-t-elle déclaré par la suite. Je porte la marque de l'adultère sur mon visage.

— Désolé, mais je ne vois rien du tout.

— Tout le monde semblait nous regarder des bureaux d'en face.

« — Évelyne, personne ne t'a montrée du doigt. »

Trois jours plus tard, elle se suicidait au gaz.

Lili ne m'a plus adressé la parole pendant un mois.

À l'enterrement, elle était restée pendue au bras de Dimitri, sans m'accorder un seul regard. Ils avaient le teint cadavérique, l'un et l'autre, mais je ne disais plus rien, j'avais été prié de m'occuper de mes affaires. Chaque jour qui passait, Lili m'échappait un peu plus et la mort d'Évelyne n'arrangeait rien.

Je me rendais désormais à toutes les soirées que l'on me proposait pour éviter de rester seul, le soir, après la fermeture de la librairie. Ma mère prétendait que, de nous deux, Lili était la plus à plaindre, mais elle ne voulait jamais en dire plus.

La ville baignait dans les premières vapeurs de l'été, et les gens se réveillaient, regardaient autour d'eux et traînaient dans les bars jusqu'au petit matin. La seule femme qui m'accordait un peu d'attention, à ce moment-là, tandis que mes liens affectifs étaient soumis à rude épreuve, la seule femme qui prenait encore un peu d'intérêt à ma compagnie, était Carole, une vieille amie avec laquelle j'entretenais des relations compliquées.

Elle avait deux fils de dix-huit ans qui ne s'intéressaient plus à elle et un mari qui l'avait autrefois abandonnée et dont le retour n'avait pas eu l'effet escompté « Je le regarde et je ne peux m'empêcher de bâiller », soupirait-elle en prenant appui sur un coude, le menton dans la main et le regard perdu dans les limbes.

Selon elle, nous avions tort d'attendre quelque chose de nos enfants car la vie est ainsi faite que nous ne sommes jamais payés en retour.

« Cela dit, tu n'aurais jamais dû baiser cette pauvre femme. Ou alors, c'est que tu es fou, j'imagine. »

Nous nous retrouvions souvent le soir, nous débarquions à des cocktails, à des vernissages, à des soirées littéraires où je buvais et prenais ce qui me tombait sous la main pour franchir l'épreuve que je traversais. À une fête que donnait Charlotte Blonsky, quelques jours avant le cambriolage dont elle allait être la victime — trois petites toiles de primitifs italiens et de l'argent en espèces —, je me suis stupidement énervé contre un jeune type qui était fan de Dimitri et qui me répétait que je n'y comprenais rien et que c'était normal.

Dans la rue, je m'en suis pris à sa voiture malgré les efforts de Carole pour m'en empêcher — mais elle était saoule de son côté, elle aussi — et j'ai terminé la nuit au poste. En retournant mes poches, ils ont trouvé une substance interdite mais heureusement Olga, l'amie de ma mère, Olga qui avait de nombreux amis dans la police — elle pouvait grimper dans les bureaux des étages supérieurs sans même se faire annoncer —, Olga m'a tiré de ce mauvais pas.

Je me moquais du teint de ma fille, mais en moins d'un mois de ce régime, j'avais pris les couleurs de la nuit. C'était ma mère, à présent, qui se souciait de ma forme et me trouvait une mine de papier mâché. Lorsque j'arrivais à la librairie, presque titubant par manque de sommeil et payant pour mes excès de la veille, je sentais son regard perplexe posé sur moi et mes épaules s'en affaissaient davantage. Si je ne m'étais pas retenu, je me serais couché au milieu des livres. Quelques heures de sommeil ne suffisaient déjà plus à mon âge. Soudain, j'en prenais conscience.

« Est-ce le remords qui te met dans cet état ? m'a demandé ma mère.

— Quoi ? Quel remords ? De quoi tu parles ? »

Quelques années auparavant, j'avais mis fin à la relation qu'elle entretenait avec un homme et je savais qu'elle m'en voulait encore. Elle avait beau s'en défendre, elle avait installé une zone d'ombre entre nous, qui nous maintenait à distance.

Certains soirs, profitant du moment où Carole disparaissait dans les toilettes d'un endroit quelconque, je songeais à tous les efforts que j'avais déployés durant ma vie pour en arriver là. Pour voir les deux seules femmes qui avaient réellement compté pour moi, finir par me glisser des doigts sans que je puisse y faire quelque chose. Je me demandais ce qui n'allait pas, chez moi. J'en parlais avec des étrangers, à l'heure où l'aube approchait, mais je perdais vite leur attention et n'en tirais rien d'intéressant.

« Même si tu couchais avec moi, me confiait Carole d'une voix pâteuse, je ne suis pas sûre que ça changerait quelque chose. » Elle ne m'était d'aucun réconfort. « Comment fait-on pour se laisser piéger à ce point ? continuait-elle. Comment fait-on pour être stupide à ce point-là ? »

Visiblement, nous n'étions pas les seuls à avoir perdu tout espoir de rédemption, au train où allaient les choses. Il suffisait de jeter un regard autour de soi, d'échanger quelques mots avec un inconnu pour qu'apparaissent la souffrance, l'incompréhension et la solitude. Et rien ne pouvait lutter contre ça. Tout l'alcool et toutes les substances du monde n'y suffisaient pas.

Autrefois, à l'époque où j'étais dingue des Diablos, ma mère était une vraie pocharde. Elle s'était heureusement calmée et je ne la retrouvais ivre que deux ou trois fois par an, pour des occasions exceptionnelles.

Je la découvris à quatre pattes au milieu de son salon, une nuit où je passais par là, tandis qu'Olga vomissait dans la salle de bains.

D'après ce que j'ai compris, ma mère cherchait une boucle d'oreille qui avait roulé sur le sol, mais son visage était couvert de larmes.

Puis les vacances, enfin, sont arrivées.

Carole possédait une maison au bord d'un lac et pour finir, j'en ai loué une à côté car elle mourait d'angoisse à l'idée de se retrouver seule avec les hommes de sa famille, insistant sur le fait qu'elle et moi étions devenus si proches au cours du mois passé que je ne pouvais la laisser tomber. Je le reconnaissais. Nous nous étions épaulés, l'un et l'autre. Nous nous étions élancés ensemble dans l'obscurité et ensemble étions rentrés chaque matin après avoir épuisé nos forces.

Lorsque je lui ai rendu visite pour lui annoncer que nous étions arrivés, elle m'a tout simplement sauté au cou. Dans son dos, Richard, son mari, a vrillé un doigt contre sa tempe en me souriant.

« Ne te laisse pas trop emmerder, m'a-t-il conseillé tandis qu'elle allait enfiler son maillot de bain. Elle peut devenir très chiante. »

Bien des années plus tôt, nos enfants s'amusaient sur l'étroite bande sableuse qui longeait les rives et nous pensions que nos vies n'en étaient encore qu'à leurs débuts et nous réservaient bien des surprises.

« Merci pour le tuyau », lui ai-je répondu.

À l'époque, cet endroit n'était même pas mentionné sur les cartes. Puis le vent avait tourné et c'était devenu un lieu à la mode où il était interdit de cueillir les fleurs, où la vitesse était réduite à vingt kilomètres heure, où les accès au lac étaient limités et les gardes forestiers de vrais maniaques. Le marchand de journaux du coin vendait à présent le *Herald Tribune* et disposait d'une cave à cigares. Aucun permis de construire n'était accordé. Aucun campeur n'était toléré. Le soir, certains se réunissaient pour applaudir le coucher de soleil.

La première parole que Lili m'a adressée depuis le début de la journée concernait le prix du kilo de tomates qui atteignait des sommets.

Nous avions laissé Dimitri et ma mère finir de s'installer. Je n'avais pas demandé à Lili de venir avec moi mais j'avais eu le plaisir de la voir arriver au moment où je démarrais la voiture. Je pensais que ce séjour nous ferait du bien à tous, au moins physiquement, que nous reprendrions quelques couleurs et nous reposerions des saisons exécrables que nous venions de franchir en catastrophe.

Ensuite, elle s'est inquiétée de savoir si elles étaient transgéniques.

« Irons-nous faire du bateau comme autrefois ? » lui ai-je demandé en examinant une racine de gingembre que j'avais envie de lancer dans les airs.

Elle n'en savait rien, pour le moment. Son année de fac s'était bien terminée et la mort d'Évelyne datait d'un bon mois, ce qui semblait arrondir les angles et l'amenait à être dans de meilleures dispositions à mon égard. Elle n'en savait rien, mais elle n'a pas dit non.

« Nous sommes tous à la recherche d'une vie meilleure, lui ai-je déclaré. N'oublie jamais ça. »

Nous nous sommes avancés dans les rayons. Des femmes secouaient leurs bracelets en or pour attraper des boîtes de conserve et des produits allégés.

Je lui ai demandé si Dimitri était charcuterie.

« Imagine qu'un jour il découvre que c'est toi, s'est-elle emportée. Hein, que va-t-il se passer ?

— Il peut continuer à chercher. Il ne trouvera rien, ne t'inquiète pas.

— Comment en es-tu si sûr ? En quel honneur serais-tu à l'abri ? Tout finit par se savoir, justement. »

Je l'ai laissée vider son sac. Ce n'était pas très agréable à entendre car elle s'est révélée profondément critique envers moi, et même blessante, mais je savais que nous devions en passer par là et que c'était à moi de me montrer le plus intelligent des deux — en l'occurrence, de serrer les dents et de ne rien dire, alors que j'avais tant de choses à lui reprocher, moi aussi. En l'écoutant, je ne pouvais m'empêcher de penser à toutes les erreurs que nous avions accumulées, à tous nos actes mal interprétés, à toutes nos intentions bafouées. Lorsque nous sommes arrivés devant les caisses, mes mâchoires étaient tétanisées.

Sur le parking, elle m'a demandé d'être plus sympa avec Dimitri.

« Je le serai autant avec lui que tu le seras avec moi, lui ai-je répondu. Est-ce que ça marche ? »

En rentrant, alors que le soleil se couchait, nous l'avons découvert mal en point et de mauvaise humeur. La peau de son dos était rouge comme un paquet de Winston. Ma mère y appliquait une crème en serrant une cigarette entre ses lèvres.

« Tu ne crois pas qu'il pouvait se débrouiller tout seul ? lui ai-je fait tranquillement observer pendant qu'elle m'aidait à ranger les provisions à la cuisine. Étais-tu obligée de lui proposer tes services ?

— Arrête, m'a-t-elle aussitôt répliqué. Ne commence pas.

— N'empêche qu'il faut être balèze pour prendre un tel coup de soleil dès le premier jour, c'est tout ce que j'ai à dire. »

Bien entendu, il n'a pas dormi de la nuit. Et moi non plus par la même occasion. Je l'entendais qui marchait de long en large, faisait craquer le parquet de la véranda, ouvrait le frigo et actionnait les robinets de la cuisine. Par chance, ils démoustiquaient religieusement les alentours depuis quelques années, ce qui m'épargnait de l'écouter galoper dans tous les sens, mais cela ne suffisait pas à ma tranquillité. J'appelais ça mal commencer des vacances.

J'ai enfilé un short et j'ai quitté ma chambre.

Il occupait le canapé. Il était en train d'écrire dans un carnet. Nous avons croisé nos regards, puis je suis allé me servir un verre d'eau. En fait, j'ai pris une bière. La nuit était chaude et la fraîcheur de la canette d'aluminium contre ma paume, aussitôt, m'a tout simplement ravi. Réflexion faite, j'en ai pris une deuxième et je suis retourné dans le salon.

J'ai déposé la canette devant lui. La nuit était brûlante, le ciel étoilé. Des vaguelettes clapotaient sur la rive.

Je lui ai demandé si l'inspiration était bonne, s'il était en train d'écrire une chanson. Il a failli me rire au nez.

« Excuse-moi, s'est-il repris.

— Appelle ça comme tu veux. Ne fais pas attention à ce que je raconte. »

Lili m'avait expliqué dans quelle branche il était impliqué mais je n'avais rien retenu.

« Ta mère nous manque, ai-je soupiré en prenant place dans un fauteuil. Je suis sûr qu'elle aurait aimé être là. »

Il a acquiescé de mauvaise grâce.

« Oublie donc cette histoire, ai-je repris. Il n'y a rien de bon à en attendre. Parle-moi plutôt de vos projets, de la manière dont vous voyez les choses. »

Il m'a considéré avec une légère grimace qui pouvait également provenir de ses coups de soleil, puis il s'est levé en m'expliquant que je l'avais surpris en plein travail et qu'il souhaitait s'y remettre séance tenante de peur de perdre le fil. Je lui ai dit que je comprenais très bien. Il est sorti sur la véranda. Encore tout étonné d'avoir pu si facilement se débarrasser de moi.

En quelques jours, ma mère et ma fille étaient dorées de la tête aux pieds. C'était un vrai plaisir de les regarder, de leur préparer des repas, d'avoir des conversations légères et détendues avec elles. Lorsque nous débarquions à une soirée, nous étions aussitôt entourés et on ne les lâchait plus, on nous amenait des verres jusque dans le fond du jardin.

Souvent, ma mère me tenait par le bras et de vieilles connaissances — souvent les mêmes que nous rencontrions en ville — feignaient à nouveau de s'étonner que je ne sois pas encore casé mais surtout me félicitaient d'avoir une si jolie fille et une mère dont on rêvait de baiser les doigts.

« Sais-tu à quoi je pense ? » lui ai-je déclaré un soir que nous rentrions tous les deux au clair de lune. Nous avions bu quelques cocktails et elle marchait dans l'eau, ses chaussures à la main, et moi sur la grève. Je me suis arrêté.

« Sais-tu à quoi je pense ? Pourquoi ne pourrions-nous pas vivre ensemble comme autrefois ? »

Elle m'a fixé un instant puis a baissé les yeux en secouant la tête.

« Réfléchis une minute, ai-je repris. Nous vivons seuls tous les deux. Nous gaspillons de la place. Tu pourrais prendre la chambre de Lili. »

Elle s'est remise en marche, secouant la tête de plus en plus fort.

« Mais qu'est-ce qu'il y a ? » ai-je demandé en pressant le pas pour rester à sa hauteur.

Elle s'est alors dirigée droit sur moi et m'a serré contre elle. En une seconde, ses larmes avaient mouillé toute ma poitrine.

« Oh, pardonne-moi, mon chéri, a-t-elle répété entre deux sanglots. Pardonne-moi, mon garçon. Je ne voulais pas ça. Je n'ai jamais voulu ça. »

Lui pardonner quoi ? Est-ce que je me plaignais de quelque chose ?

Quand le père de Dimitri est arrivé pour un week-end, nous avons vu une décapotable s'engager sur le chemin et Olga en est descendue. Elle a couru vers nous les bras grands ouverts, un turban sur la tête et d'énormes lunettes de soleil sur le nez.

Par-dessus son épaule, je voyais le chanteur des Diablos qui sortait des valises du coffre tandis que Dimitri s'avançait vers lui d'un pas rapide.

« Olga, j'ai dit. Quelle surprise. Quelle épatante surprise. »

Dans son dos, une sourde discussion semblait engagée entre le père et son fils.

« J'espère que ça ne va pas faire trop d'histoires, s'est inquiétée Olga avec l'air de s'en ficher royalement.

— De quoi tu parles ? » ai-je rétorqué en lui souriant d'une oreille à l'autre.

J'attendais de voir la réaction de Lili qui était encore dans son bain, mais Richard est venu me chercher. Nous participions à un tournoi de fléchettes entre gentlemen, près de l'embarcadère, au profit d'une association de charité qui aidait les filles mères à trouver un emploi.

Les femmes étaient assises dans l'herbe, par petits groupes, à l'ombre de grands arbres. J'étais pressé d'en finir, malgré tout.

« Mais toi, au moins, toi tu as du mouvement. Toi, au moins, il se passe quelque chose, m'a déclaré Carole en fixant son mari qui discutait plus loin avec sa cravate jetée par-dessus son épaule et sa chemise à manches courtes. Tandis que moi, je meurs littéralement. Je partage ma vie avec un fantôme. Un connard mortellement transparent. »

La journée était très chaude. Le lac semblait prêt à bouillir. La lumière était violente.

« Olga ne m'a jamais trahi, ai-je déclaré avec une moue respectueuse. Olga et moi, nous nous sommes toujours compris. Depuis que je suis haut comme ça.

— Ce Dimitri est un petit con », a soupiré Carole.

Quand nous sommes revenus, le silence régnait à la maison. L'horizon était embrasé.

243

Ils étaient installés sous un grand parasol. Lili était plongée dans la lecture d'un magazine féminin. Olga et ma mère mangeaient des olives. Dimitri parlait au téléphone et le chanteur des Diablos avait trouvé un barbecue dans la remise : son visage luisait sous le rougeoiement des braises.

Je suis allé me baigner. La pénombre venait vite. Quand j'ai senti des jambes s'entremêler aux miennes.

« L'eau est à une température merveilleuse », s'est exclamée Carole.

Je me suis gentiment écarté d'elle car je ne voulais pas compliquer la situation.

« Je pense que nous allons passer un week-end terrible, ai-je prophétisé en exécutant quelques mouvements de brasse autour d'elle. Nous n'allons pas nous amuser dans ce contexte, fichtre non, c'est moi qui te le dis. »

Nous pouvions les observer tranquillement, d'où nous étions.

« Et si je le quittais ? Qu'est-ce que tu ferais ? Tu ne ferais rien du tout, n'est-ce pas ?

— Écoute, Carole, est-ce que tu crois que j'ai la tête à ça en ce moment ? »

— Je disais ça pour plaisanter.

— Eh bien, je ne trouve pas ça drôle.

— *Je disais ça pour plaisanter.* »

Quand je suis sorti de l'eau, Lili montait dans sa chambre en pleurant. Je me suis frictionné la tête un instant, puis j'ai demandé à ma mère ce qui arrivait. Mais visiblement, elle avait d'autres soucis en tête.

Dimitri se balançait sur un siège de toile, une bière à la main, l'autre enfoncée dans sa poche et il regardait droit devant lui d'un air sombre.

Je suis monté voir ce qui se passait. Quand je suis entré, elle sanglotait sur son lit. Elle m'a crié : «Va-t'en. Laisse-moi tranquille. » Je me suis assis près d'elle et je lui ai servi de distributeur de kleenex durant quelques minutes.

« Il va falloir que tu t'y habitues, lui ai-je dit. Je sais que l'on espère toujours passer à travers les gouttes, mais personne n'y est encore arrivé. »

J'ai posé la main sur son épaule. Puis j'ai ajouté :

«Ta mère ne pleurait jamais. Cela fait partie des choses que tu voulais savoir. »

Après un moment, nous avons rejoint les autres.

Plus tard, Dimitri a jeté son verre à la figure de son père et a disparu à travers les buissons. Richard a raconté que l'un des siens l'avait un jour menacé du poing et que cette génération annonçait la décadence de notre espèce. Le Diablos a opiné pendant qu'Olga tamponnait sa chemise.

Carole a quitté la table avec une mine excédée.

Je me suis penché vers Lili et je lui ai dit que si elle acceptait de faire un tour en barque avec moi, c'était le moment.

Elle n'en ressentait pas la nécessité.

« Va t'occuper de Carole », m'a-t-elle dit.

Et de fait, Carole semblait malade : elle vomissait un peu plus loin, prenant appui contre un arbre noir. J'ai tourné la tête vers Richard qui était en pleine conversation avec le père de Dimitri tandis que ma mère et Olga débarrassaient.

Je suis allé me pencher à côté d'elle.

« Ne viens pas me dire que j'ai trop bu, m'a-t-elle averti entre deux râles. Ne viens pas me raconter ces conneries.

— Alors c'est le soleil, j'ai dit.

— Non, c'est pas le soleil. C'est pas le soleil, tu m'entends ? »

Je lui ai frotté le dos.

« Courage, lui ai-je murmuré. Courage. »

Je l'ai conduite à la salle de bains. Je l'ai attendue dans le salon avec le journal. J'ai vu que la sécheresse succédait aux inondations et que l'on nous demandait de ne pas laver nos voitures. Quand soudain, je l'ai entendue pousser un cri.

Elle est sortie en vitesse.

« Il y a un rat dans ta salle de bains, m'a-t-elle annoncé.

— Ça m'étonnerait, j'ai répondu.

— Vas-y. Regarde toi-même. Derrière la machine à laver. »

Nous sommes sortis pour aller chercher des pelles dans la remise.

« Il a les yeux rouges, ai-je déclaré. Cette fois, ce salopard est vraiment énorme.

— J'ai entendu dire qu'il y en avait beaucoup en ce moment. Les maisons en sont infestées. On n'arrive pas à les tuer.

— Je sais. Ils ont la peau dure. Je parie que l'été, ils quittent la ville pour nous suivre.

— Mais quelle horreur, ce que tu dis là. Mais quelle horreur. »

J'en étais persuadé. Je ne me faisais aucune illusion là-dessus.

J'ai trouvé une pelle et une pioche. Carole a profité de l'obscurité de la remise pour verser quelques larmes silencieuses. Elle s'est accrochée dans mon dos et nous sommes restés immobiles. Ensuite, elle a reniflé.

« C'est fini. Ça va aller », a-t-elle annoncé. Sur le coup, j'ai souri dans l'ombre et j'ai failli lui dire que rien n'était jamais fini, malheureusement. Mais je me suis repris à temps.

« Courage, ma vieille, ai-je murmuré en lui frottant les bras. Courage, bon Dieu. Courage. »

Tels de sinistres fossoyeurs agissant au crépuscule, nos outils à l'épaule, nous sommes revenus sur nos pas.

Richard et le père de Dimitri occupaient des rocking-chairs sur la véranda.

Nous avons échangé quelques avis concernant le meilleur moyen de nous débarrasser de la chose. Le père de Dimitri a ouvert une parenthèse, déclarant qu'il n'entendait pas recevoir de leçons de son propre fils, d'autant qu'Évelyne ne s'était pas gênée, la garce.

« Il va revenir, ai-je affirmé. Il n'y a que des bois à plusieurs kilomètres à la ronde. »

Lili se tenait au fond du jardin, à l'orée de la forêt, scrutant les ténèbres.

« Je vous considérais comme un dieu, lui ai-je déclaré. Je rêvais de vous ressembler. »

Il m'a fixé en affichant un sourire qui grandissait sur son visage :

« Qu'est-ce qu'il y a, *compañero* ? On ne se tutoie plus ? »

Carole m'a tiré par la manche.

« Je ne voulais pas que ce type fasse partie de ma famille, ai-je martelé à l'oreille de Carole tandis que nous traversions le salon. Je n'en voulais pas. J'en voulais surtout pas. »

Richard a enroulé un torchon autour de son bras.

« Ne sois pas ridicule », lui a lancé Carole.

Dehors, au-delà des baies, la surface argentée du lac se heurtait à un mur de sapins sombres, hérissé vers le ciel, qui l'encerclait.

Le rat se cachait derrière la machine à laver. Quand je l'ai bougée, il a filé derrière le sèche-linge. Tout lui était bon pour se cacher. Comme il se déplaçait de l'un à l'autre, j'ai senti qu'une certaine lassitude m'envahissait.

« Très bien. Je laisse tomber », ai-je déclaré.

J'ai cédé ma place aux deux autres. Carole et moi leur avons donné nos outils mais je ne pensais pas qu'ils auraient plus de chance que nous.

« Je n'en peux plus, a soupiré Carole. Je vais rentrer à la maison et je vais t'attendre. Et tant pis si tu ne viens pas. »

Je n'ai rien répondu.

Comme je la raccompagnais à sa voiture, Lili est venue me trouver. Elle voulait fouiller les bois à la recherche de Dimitri.

J'ai regardé Carole, puis j'ai regardé ma fille.

On entendait le raclement des machines sur le carrelage de la salle de bains, ainsi que des jurons étouffés — chasser nos démons est une entreprise difficile.

Plus tard, j'ai retrouvé ma mère. Elle était seule dehors, installée dans un fauteuil de toile, une cigarette à la main. J'ai écrasé la cigarette et j'ai posé ma tête sur ses genoux.

Le premier chapitre de Frictions *a été publié dans* Le Monde *au cours de l'été 2002. Il est à l'origine de ce livre.*

DU MÊME AUTEUR

Aux Éditions Gallimard

SOTOS, *roman*, 1993 (« Folio », n° 2708).

ASSASSINS, *roman*, 1994 (« Folio », n° 2845).

CRIMINELS, *roman*, 1996 (« Folio », n° 3135).

SAINTE-BOB, *roman*, 1998 (« Folio », n° 3324).

VERS CHEZ LES BLANCS, *roman*, 2000 (« Folio », n° 3574).

ÇA, C'EST UN BAISER, *roman*, 2002 (« Folio », n° 4027).

FRICTIONS, *roman*, 2003 (« Folio », n° 4178).

IMPURETÉS, *roman*, 2005.

Aux Éditions Bernard Barrault

50 CONTRE 1, *histoires*, 1981.

BLEU COMME L'ENFER, *roman*, 1983.

ZONE ÉROGÈNE, *roman*, 1984.

37° 2 LE MATIN, *roman*, 1985.

MAUDIT MANÈGE, *roman*, 1986.

ÉCHINE, *roman*, 1988.

CROCODILES, *histoires*, 1989.

LENT DEHORS, *roman*, 1991 (« Folio », n° 2437).

Chez d'autres éditeurs

LORSQUE LOU, 1992, *illustrations de Miles Hyman* (Futuropolis/
Gallimard).

BRAM VAN VELDE, Éditions Flohic, 1993.

ENTRE NOUS SOIT DIT : CONVERSATIONS AVEC
JEAN-LOUIS EZINE, Presses Pocket, 1996.

PHILIPPE DJIAN REVISITÉ, Éditions Flohic, 2000.

ARDOISE, Éditions Julliard, 2002.

Composition Imprimerie Floch.
Impression Novoprint
à Barcelone, le 1ᵉʳ août 2007
Dépôt légal: août 2007
Premier dépôt légal dans la collection : mars 2005

ISBN 978-2-07-030567-4. /Imprimé en Espagne.